· 中国现代经典新诗集汇校本丛书 ·

草儿

康白情 著

向阿红 汇校

金宏宇 易彬 主编

长江出版传媒 | 长江文艺出版社

图书在版编目（CIP）数据

草儿 / 康白情著；向阿红汇校. -- 武汉 ： 长江文
艺出版社，2024. 12. --（中国现代经典新诗集汇校本丛
书 / 金宏宇，易彬主编）. -- ISBN 978-7-5702-3784-5

Ⅰ. I226

中国国家版本馆 CIP 数据核字第 202416XM75 号

草儿
CAOER

责任编辑：孙　琳　　　　　　　责任校对：程华清
封面设计：胡冰倩　　　　　　　责任印制：邱　莉　丁　涛

出版：长江出版传媒 ｜ 长江文艺出版社
地址：武汉市雄楚大街 268 号　　　邮编：430070
发行：长江文艺出版社
http://www.cjlap.com
印刷：中印南方印刷有限公司

开本：640 毫米×960 毫米　　　1/16　　　印张：22.5
版次：2024 年 12 月第 1 版　　　2024 年 12 月第 1 次印刷
字数：219 千字

定价：48.00 元

汇校说明

  康白情的《草儿》是中国新诗史上第六部个人新诗集。该诗集题材广泛，包括写景诗、抒情诗、说理诗、叙事诗等等，以白话和无韵为特征，对新诗进行自由体试验，在诗体转型过程中具有较强的典范意义和引领诗歌历史潮流的巨大作用。因此，该诗集在新诗和整个现代文学的发展史上占有重要的地位。这个汇校本，希望能对《草儿》和康白情整个文学创作的研究有所裨益。

  一、《草儿》主要有以下几个重要版本。

  （1）初版本。1922 年 3 月，由上海亚东图书馆出版，收录了康白情从 1919 年至 1920 年底所创作的新诗作品 53 首（如以短诗细分，为 117 首），在当时出版的新诗集当中可以说是较为厚实的一本。在编排顺序上，初版本没有十分严格地按照创作时间的先后顺序进行编排。《草儿》初版本书前有《俞序》和《自序》，书后有附录两则。《附录一》收录了诗人创作的旧体诗词 59 首（若以短诗为单位，则共有 77 首），名为《味蔗草》。《附录二》收录了诗人的新诗理论文章《新诗短论（有引）》（原题名为《新诗底我见》）。

  （2）再版本。1923 年 1 月，由上海亚东图书馆出版，再版本与初版本相同。

（3）修正三版。1924 年 7 月，上海亚东图书馆出版了修正三版。该版本书名改为《草儿在前集》。修正三版在初版本基础上删除新诗作品二十几首，加入出国后所作的、未经发表的若干首，分为四卷。修正三版严格按照创作时间的先后顺序进行了编排，因此它与初版本的目录顺序不一致。另外，修正三版删除了《俞序》《附录一》和《附录二》，将初版《自序》改为《序》，在内容上对个别字词做了修改；且增加了一篇《三版修正序》，与《序》均置于书前。

（4）四版重校。1929 年 4 月，上海亚东图书馆出版了四版重校。该版本在修正三版的基础上，对一些明显的错讹之处做了更正，将《自得》《天亮了》《题仕女绣帧四首》《孔丘的逃亡》《答五妹玉璋》《哭祭先母》等统拟重收在四版，附归卷尾《补遗》。四版重校仍将初版本《序》和《三版修正序》收录于诗集中，置于书前。除此之外，诗人于 1929 年 1 月 26 日在上海另作了一篇跋文《四版重校书后》，置于卷四末尾《补遗》前。

二、本书以《草儿》初版本为底本，以修正三版和四版重校为校本进行校勘。体例如下：

（1）凡文本中有字、词改动者，用引号摘出底本原文，并将其他版本中改动之处校录于后。凡诗中整句有改动者，校文中则不摘出底本正文，以"此句……"代替。凡整篇有改动极大者，校文中则直接附各版本全篇修改稿。

（2）校号①②③……一般都标在所校之文末。汇校部分一律采用脚注的形式，且每页重新编号。

（3）初版本中部分诗歌未结集之前，已在当时发表于各种报刊上，这些初刊本与结集之后的版本多有出入，因此在进行版本汇校时，将初刊本也纳入汇校中。

三、校勘之事，往往事倍而功半，虽已细心、耐心，亦难免窜误、遗漏。不足、错误之处祈请读者批评指正。

发表篇目统计表

篇目	发表刊物
《草儿》	《新潮》1919年第1卷第4期，第27页，发表时标题为"牛"。
《窗外》	《新潮》1919年第1卷第4期，第30页。
《车行郊外》	《新潮》1919年第1卷第5期，第65页。
《桑园道中》	《新潮》1919年第2卷第1期，第91—92页。
《石头和竹子》	初刊于《星期评论（上海1919）》1919年第9期，第4页；再刊于《新潮》1919年第2卷第2期，第66页。
《送客黄浦》	初刊于《新潮》1919年第2卷第1期，第92—93页；再刊于《少年中国》1919年第1卷第2期，第15—16页。
《女工之歌》	《星期评论（上海1919）》1919年第20期，第2页。
《送曾琦往巴黎》	初刊于《时事新报（上海）》1919年8月29日〔0012〕版；再刊于《少年中国》1919年第1卷第3期，第43页。两个发表本标题均为《送慕韩往巴黎》。

（续表）

篇目	发表刊物
《暮登泰山西望》	初刊于《星期评论（上海1919）》1919 年第 21 期，第 4 页；再刊于《少年中国》1919 年第 1 卷第 5 期，第 42—43 页。
《日观峰看浴日》	初刊于《时事新报（上海）》1919 年 10 月 31 日〔0011〕版；再刊于《中国少年》1919 年第 1 卷第 5 期，第 43—44 页；后又刊于《新潮》1919 年第 2 卷第 2 期，第 64—66 页。
《再见》	《少年中国》1919 年第 1 卷第 6 期，第 26—27 页。
《疑问》	初刊于《新潮》1920 年第 2 卷第 3 期，第 107—108 页；再刊于《时事新报（上海）》1920 年 2 月 4 日〔0013〕版；后又刊于《少年中国》1920 年第 1 卷第 8 期，第 58—59 页。
《朝气》	《少年中国》1920 年第 1 卷第 9 期，第 165—166 页。
《江南》	初刊于《时事新报（上海）》1920 年 2 月 8 日〔0014〕版；再刊于《少年中国》1920 年第 1 卷第 9 期，第 162—163 页。
《送许德珩杨树浦》	初刊于《星期评论（上海1919）》1920 年第 41 期；再刊于《少年中国》1920 年第 1 卷第 9 期，第 170—171 页。

（续表）

篇目	发表刊物
《干燥》	初刊于《时事新报（上海）》1920 年 2 月 29 日〔0013〕版；再刊于《少年中国》1920 年第 1 卷第 9 期，第 166—167 页。
《"不加了！"》	初刊于《时事新报（上海）》1920 年 2 月 24 日〔0014〕版；再刊于《少年中国》1920 年第 1 卷第 9 期，第 168—169 页。
《送王光祈魏嗣銮往德意志陈宝锷往法兰西》	《少年中国》1920 年第 1 卷第 11 期，第 51—52 页。
《妇人》	初刊于《星期评论（上海 1919）》1920 年第 47 期，第 4 页；再刊于《少年中国》1920 年第 1 卷第 11 期，第 49—50 页。
《从连山关到祁家堡》	初刊于《少年中国》1920 年第 1 卷第 12 期，第 52—53 页；再刊于《新潮》1920 年第 2 卷第 5 期，第 92—93 页。
《鸭绿江以东》	《新潮》1920 年第 2 卷第 5 期，第 90—92 页。
《紫踯躅花之侧》	《新青年》1920 年第 8 卷第 1 期，第 43 页。
《归来大和魂》（有序）	《时事新报（上海）》1920 年 6 月 20 日〔0014〕版。初刊本标题为《归来太和魂》。

（续表）

篇目	发表刊物
《天亮了》	初刊于《新潮》1920 年第 2 卷第 5 期，第 89—90 页；再刊于《少年中国》1920 年第 2 卷第 3 期，第 54—56 页。
《庐山纪游（三十七首之二）》	《新青年》1920 年第 8 卷第 1 期，第 43—45 页。
《庐山纪游（三十七首之七）》	《少年中国》1921 年第 2 卷第 12 期，第 32—37 页。
《庐山纪游（三十七首之二）》	《新潮》1920 年第 2 卷第 5 期，第 93—96 页。
《庐山纪游（三十七首之一）》	《少年中国》1920 年第 2 卷第 3 期，第 53—54 页。
《斗虎五解》	《新青年》1920 年第 8 卷第 1 期，第 45—46 页。
《一封没写完的信》	《时事新报（上海）》1920 年 9 月 28 日〔0014〕版。
《太平洋上飓风》	《少年中国》1921 年第 2 卷第 8 期，第 61 页。
《致悲哀的朋友》	《诗》1923 年第 2 卷第 1 期，第 63—64 页。

汇校版本书影

中華民國十一年三月初版

草　兒（全）

每册定價洋八角

外埠酌加郵費

必翻作有此
究印權著書

著　者　　康　白　情

發行者　　亞　東　圖　書　館
　　　　　　上海五馬路棋盤街西首

印刷者　　亞　東　圖　書　館
　　　　　　上海五馬路棋盤街西首

分售處　　各省各大書店

1922 年 3 月初版本版权页

上海亚东图书馆

1923 年 1 月再版本

上海亚东图书馆

1924 年 7 月修正三版

上海亚东图书馆

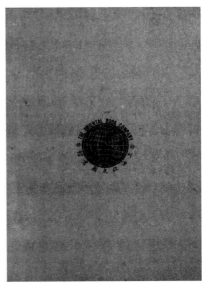

中華民國十年十一月初版
中華民國十三年七月修正三版
中華民國十八年四月四版補遺

草兒在前集（全）

每冊定價洋五角五分
外埠酌加郵費

著　者　康　白　情

發行者　上海五馬路棋盤街西首　亞東圖書館

印刷者　上海五馬路棋盤街西首　亞東圖書館

分售處　各省各大書店

有此
著書
翻作
印權
必　究

1929 年 4 月四版重校

上海亚东图书馆

目　录

俞序 / 001

自序 / 006

三版修正序（三版所增）/ 007

四版重校书后（四版所增）/ 012

草儿

草儿 / 017

窗外 / 019

植树节杂诗八首 / 020

车行郊外 / 023

桑园道中 / 025

石头和竹子 / 028

送客黄浦 / 030

女工之歌 / 034

醉人的荷风 / 036

送曾琦往巴黎 / 038

慰孟寿椿（以信为序）/ 040

暮登泰山西望 / 042

日观峰看浴日 / 045

再见 / 049

疑问 / 052

雪夜过泰安 / 054

朝气 / 056

江南 / 058

送许德珩杨树浦 / 061

干燥 / 064

"不加了！" / 066

阿令配克戏院底悲剧 / 068

送刘清扬往南洋 / 072

卅日踏青会 / 075

送王光祈魏嗣銮往德意志陈宝锷往法兰西 / 080

和平的春里 / 082

妇人 / 083

从连山关到祁家堡 / 085

鸭绿江以东 / 088

紫踯躅花之侧 / 092

日光纪游十一首 / 094

归来大和魂（有序）/ 105

幡 / 112

吊福田 / 113

斜阳 / 116

自得 / 117

天亮了 / 120

题仕女绣帧（为彭梦民夫人）/ 125

晚晴 / 127

别北京大学同学 / 129

庐山纪游三十七首 / 133

斗虎五解 / 192

孔丘底逃亡 / 195

律己九铭 / 197

吊敌秋 / 201

西湖杂诗十九首 / 203

送翟蕴玉夫人和她底果得儿往北京 / 212

答五妹玉璋 / 215

"还要加呢！" / 217

一封没写完的信 / 219

答别王德熙 / 223

风色 / 226

别少年中国 / 227

草儿在前集（卷四）

天乐 / 233

太平洋上飓风 / 237

旧金山上岸 / 239

和平 / 241

致悲哀的朋友 / 242

再致悲哀的朋友（有序）/ 243

附录一———味蔗草

离家之北京 / 247

解嘲 / 248

过黄河桥 / 249

吊黄兴蔡锷二将军 / 250

寄全鉴修天津 / 251

遣怀三首 / 252

题仕女画帧 / 253

东城根口号 / 254

梦得（有序）/ 255

戏答周永祺（有序）/ 256

天津桥忆家 / 257

《暗香》寄鞋为文渊夫人寿戏作 / 258

踏莎行·自题小照 / 259

三妹玉光于归寄怀四首 / 260

悼礽妹 / 262

断句 / 263

自题小照 集《庄子》句 / 264

醉蓬莱 寿刘太师母八秩 / 265

题仕女秀帧 为刘天全世姊 / 266

河上 / 267

除夕诗 戊午 / 268

浪淘沙 / 270

祝川滇黔旅苏学生会周刊 / 271

杰士吟 / 272

西湖 / 273

壑雷亭 / 274

灵隐山游 / 275

风雨亭怀秋瑾 / 276

苏小墓 / 277

岳王坟 / 278

栖霞洞 / 279

玉泉鱼何幸二首 / 280

三竺晚归 / 281

放桨歌（有序）/ 282

题仕女美术照片十首 / 283

明陵感怀 / 286

雨花石寄绛霄 / 287

山东图书馆 / 288

扫叶楼雅集（有序）/ 289

寄家内 / 290

瑞仙问我归期，赋此报之 / 291

塔硐公园口号 / 292

登南山（有序）/ 293

小田道中 / 294

三溪园 / 295

赠宫崎滔天丈人 / 296

赠宫崎龙介 / 297

琵琶湖（有序）/ 298

疏水（有序）/ 299

大阪城（有序）/ 300

鸡鸣寺雅集（有序）/ 301

长相思 / 302

碎碗辞（有序）/ 303

黄鹤楼上酒兴（有序）/ 304

南浔即景四首 / 305

八月二十五夜泛舟归俞庄，用原韵次绛霄后和润斯 / 306

与润斯泛舟秦淮河 / 307

自南京返上海，行且去国，德熙□□送我于车站，不知涕
泗之何从也 / 308

游虎丘登冷香阁（有序）/ 309

附录二———新诗短论

新诗短论（有引）/ 313

俞序

白情从横滨来信，嘱我为他新汇成底诗集《草儿》做篇序。我想白情底作品自有他相当的价值，何用我替他铺张？我又回想到从前我们俩在北京大学底时候，谈论新诗底高兴：有时白情念着，我听着；有时我念着，他也听着。这样谈笑的生涯，自然地过去，很迅速地过去。后来我在欧洲，他还在北京；等我回国，他又去了。我们俩一年多没见，我做诗真寂寞极了；念尽念着，写尽写着，总没有谁来分我诗中底情感。白情呢，已创造出许多作品，为诗国开许多新疆土，真是可爱的努力！成功原分不出你和我的：他底欢喜也就是我底欢喜，一样。他很远地来找我做诗序，怕道以为我会做好文章，还是我底话足以加添他诗底声价么？自然都不是。他既让我分他底几分欢喜，我更不好辜负他这番意思。于是我写这篇短序，一则把我近来底意见，质之于一年没见面底白情，二则略尽我介绍《草儿》到读者底一点责任。

若要判断诗底好坏，第一要明白诗底性质，诗人对于一切底态度。从前古典派的诗，早已不消说得：就是新诗底初期，一般人——甚而至于诗人——往往把"平明的"误会成"通俗的"这个意义；再好一点，也仅仅把新诗底作用当作一种描摹的（representative）。这也因为几千年因袭的诗思太不着边际了，才引起这种反动。但这种倾向究竟不大正当。我在槟榔屿船上，就说到这点，（见《新潮》二卷四号通信）。当时虽因为匆忙没说痛快，却是有这个意思。笼统迷离的空气自然是不妙；不过包含隐曲却未尝和这个有同一的意义。一览无余的文字，在散文尚且不可，何况于诗？这种矫枉过正的毛病，一半由于时势，一半也由于对于文学根本观念底解释。

说文学是人生底表现批评，依我盲揣，虽没甚不合也不全合。说文学是一种表现何尝错了？但文学是否仅仅一种表现，我很难有积极的回答。文学底作用，与其说是描摹的，不如说是反射的（reflexive）。既不纯是主观，也不纯是客观；是把客观的实相，从主观上映射出来。好比照相，虽是外物底影儿，中间却经过了一重镜子。文学上底镜子是一重人性：就是我所说底"人化的自然"。这样说，文学原不仅是表现人生，是在人底个性中间，把物观世界混合而射出来底产品。

若说文学是一种批评，我更有点怀疑。依我底经验，文人底态度是"非批评的"——做诗如此，一切文学也可以共通。我深信文学只是一种混融，只是一种综合，只是一种不生分别。为什么呢？若不能身入其中，尽有好的天才，却不会有好天才底文学。真挚和普遍，原非局外旁观者所能消受的。在硬心人底心里，物是物，我是我，好像链子断了一个环似的；只有一个冷冰冰的世界，美和爱底根叶都憔悴尽了，一味地冷笑，还有什么诗歌文学呢？我重着声音说：好的文学好的诗，都是把作者底自我和一切物观界——自然和人生——同化而成的！合拢来，合拢来，才跳出一个活鲜鲜的文学。他后边所隐着的是整个儿的人性，不是仅有些哲学家科学家分析出来底机械知识。他何能再关心世上对于他自己底态度？白情，你可以为然？我想你或者说，"是的！"这是我为白情底集子，对社会上做一种辩解。

白情做诗底精神，还有一点可以介绍给读者的，就是创造。他明知创造的未必定好，却始终认定这个方法极为正当，很敢冒险放开手做去。若这本集子行世，能使这种精神造成一种风气，那才不失他底意义。做诗只说自己底话，不是鹦哥儿般学嘴学舌，这话平常而且陈腐，但怕不容易真真做到罢。我看现在底社会，真像一个废染缸，无论哪样雪白鲜红的新机，都要把他们染成乌黑，似乎不如此不足以显出社会底力。如果但取形式，忘了形式后边底精神，那么辗转模仿，社会上就万不会有新东西了。我常常对人说，一切派别主义都是个性自由创造底结果。说句 paradoxical（矛盾）的话，可以给我们模仿的，只是一种特立独行的精神态度。除此之外，既不可；模仿成了也是糟粕。我们看白情底诗，无论在哪一面，都有自我作古不落人后的气息流露在笔墨里。他底作品，我不说是完全好，或者竟不甚好也未可知；我最佩服的是他敢于用勇往的精神，一洗数千年来诗人底头巾气，脂粉气。他不怕人家说他 too mystic（太神秘）也不怕人家骂他荒谬可怜，他依然兴高采烈地直直地去。"少陵自有连城璧，争奈微之识碔砆！"我深怕这本集子出世，在社会上专流行一种新时髦，而没有一种新精神灌注在里面，那就冤枉了白情，冤枉了他底诗，冤枉了他印这本集子底意思了。这些话并不是无的放矢。而且在一个流行性的社会里，更不能不勉放我细弱的声音，呼醒这沉寂极了的文艺界里底迷梦。

在这一节里，我想和读者商量，在一方面更容易了解白情底诗；或者还可以应用到读一切的诗。作者固然深知，读者也亟应知道，这个标点符号和诗底语法调子底关系。这些不但是指示，有时还能改变诗底意思和调子。不懂得标点符号的，一定不能读好诗。做诗的呢，更不用说。这些实在是文字构造底本身一个重要部分；在诗里更显出不可忽的权威。一则因为诗底语法，较散文多变化而不整齐；或是数底省约重复，或是位底挪移倒置，有时靠着标点符号现出深密而不笼统的意思；且有文字一律，只是标点符号不同，意思便跟着变化，如抹去傍注的一切，作者原意便无从悬揣。二则音节是诗底一种特性，不为其余纯粹文学所共通；哪里重，哪里轻，哪里连续，哪里顿挫，哪里截断，哪里延长，都靠着标点符号做引路底灯笼。若只知一味平平地读去，或颠倒轻重地读去，明明一首好诗，却要读得不成腔调了。虽然无损作者，岂不可惜了读诗的一个机会么？至于思想上底隔阂，却是没有法子。读者若不和作者底心灵混融相接，虽文字再表现得明画清确，还不免有不了解的地方。我们打开一部文学的著作，多少总觉得有些艰深神秘的地方，就是因为这个。这可以存而不论，因为也不碍《草儿》底普遍的。

我把这本集子郑重介绍给读者诸君，不在作品底本身价值，是在著者可敬爱的精神态度。我希望读者诸君仅以这个为一种兴奋剂，自己努力去创造！我希望著者仅把这个当作小小的成就，更向前途努力！我希望我和大家都在一条路上，独立地互赶着，不要挨着白情，也莫让他自个儿孤零零地在前路！

一九一九年十二月十五日，

俞平伯作于杭州城垣巷。

自序

　　《草儿》是我去前年间作的新诗集，随兴写声，不知所云，在初以为不妨付印见志，出国后却已淡了。春天得平伯寄来的序，才不得不编出来，且作了篇很长的自序。诗稿删掉的很多。半年来思想激变，深不以付印为然，觉得自序也太不好了。最近知道还没有出版，且幸稿子虽不必毁，自序还可以改，于是另写这篇短的。

　　《草儿》是去前年间新文化运动里随着群众的呼声，是时代的产物。要有功呢，是当时社会的；要有过呢，过去的我不能不负其责。平伯以创造的精神许我，谢不敢当！我不过剪裁时代的东西，表个人的冲动罢了。

　　自由吐出心里的东西，我不是诗人。

　　小时候先父以诗教教我，自问还毫无所得。编《草儿》的时候，每想到已不能再承庭训，心痛不已。谢谢平伯为他作序。并谢谢古今中外影响我的诗人。

康白情序于加里福尼亚大学，

一九二一年十月五日。

三版修正序

《草儿在前集》的改版，是初版出世后五六个月内就草定的。随后读书太忙，却把这件事忘了。三四个月以前，偶见某报有把这部集子八折出售的广告，以为市场不佳，决定售完存书，即行绝版。不意最近得朋友的信，说是等不及我的修正稿，早已用原稿再版了。我虽感谢初版的读者，却不能不对再版的读者抱歉。

修正稿删去初版的新诗二十几首，加入出国后所作没经发表过的若干首；分为四卷。旧诗另刊《河上集》，以端体制。

附录《新诗短论》也删去了。余诗字句上略有修改。初版里偶有错讹，一律更正。去留的标准，什七八依著者临时的好恶，什二三依读者非我而当的批评。

去年冬，平伯从上海寄示《西还集书后》一篇，以为序视书的体裁而有，诗歌不宜有序，实觉先得我心。所以初版内的俞序也删去了。

自己过去的陈迹，本来毫不介意，所以不大注意人家的批评。但批评有时恰当，也很足以令人明白过去，鼓舞现在，指导将来。非我而当的，已在修正版里遵办了，似不烦道。非我而不当与是我而不当的，言之无益。只有是我而当的，觉得不妨摘要录出，以答爱好雅意，以奋读者精神。除感谢各家批评的指导外，谨摘录是我而当的诸家评语如次：

蕙声玫声沙华评："海阔天空的胸怀，亲和爱好的心肠，我们可以在他的诗里尽量的感到。"（见《学灯》）

潘力山评："就你诗集全体论，旧诗已经做到水平线上了，但很少出色的地方。或者旧诗已经做了几千年，看厌烦了，无论何人做不出色来，也未可知。新诗各首有各首的趣味。我尤爱读的是《庐山纪游三十七首》。这三十七首诗，真见你的本领；从头到尾，好像一篇文章；中间描写得很细腻，而结构又非常雄浑；好似古人《东征》《西征》的长赋，又没有他们那样沉闷。在白话诗中，像这样的著作，我才见头一回呢。其次《日光纪游十一首》，也是这一类的著作。"

刘英士评："《庐山纪游》有传的价值，其雄壮处或胜《归来大和魂》，只是在西湖做的未免太逊色了。"

李俊漳评："《草儿在前集》是写的。"

叶伯和评："诗是用文字来描写情绪中的意境的。但有些人偏重刻绘；有些人偏重音律。你的诗似乎可分出三个日期。第一期如《送客黄浦》《暮登泰山西望》等首，是两面兼顾的，而稍带词曲的音调。后来乃专重写生的诗笔和自然的音节。如《江南》《从连山关到祁家堡》等首，便要算第二期。此期内的诗多用排偶句子，足以使人感受整齐的美，但微觉有律诗中板滞之嫌。第三期当从《太平洋上飓风》起。此诗的气魄，虽不能说后绝来者，真是前空古人了。"

梁实秋评："写景是《草儿在前集》作者所最擅长，天才所独到。……《日观峰看浴日》一首，描写的工夫，可谓尽致了……但是这首诗本来是容易做得出色，因为登泰山看浴日，本是一幅极雄丽奇诡的景致，非寻常的一山半水可比。唯以景越新奇，描写起来便容易捉着一个深刻的印象，更容易兴起高超的意境。……所以只就《日观峰看浴日》一首，我们或者还看不出《草儿在前集》写景诗的超迈。试看描写天安门前人人经验的景象的《晚晴》。……越是平常的景致，越要写得不平常，才能令读者看得上眼。即如天安门前的景象，是北京市民司空见惯的了，也是作者常常经验到的了，所以难写得好。而《晚晴》这首却是恰到好处——以红色作了通篇的骨子，由红日联想到红脸红手红帽子红影子红墙红楼，直令读者感觉到一片红光耀眼！如看一幅敷满红色的水彩画一般！在一片红光里反衬着蓝玉黄瓦绿瓦金烟，就更合乎画家所讲求的色彩的节奏了。写景能如此，不愧设色的妙手了！"

又评："……《送客黄浦》一首，可推绝唱。意境既超，文情并茂……"

又评："《草儿在前集》隐寓着人道主义的意味。"

又评："《草儿在前集》作者游到庐山所发的感想，如设学校，安发电机，开矿，培植森林等等，都是些教育家实业家政府官吏的事……想来作者是受了科学洗礼，处处讲求实用，处处讲求经济，以致于对着明山媚水重岚叠翠，不去尽量享受自然的美，而抱着功利主义，想去征服自然！"（见《清华文学社丛书》）

胡适评："洪章在他的诗里曾有两处宣告他的创作的精神。他说：

凡经我做过的都是对的。

他又说：

我要做就是对的；
凡经我做过的都是对的。
随做我的对的；
随丢我的对的。

我们读他的诗，也应该用这种眼光。'随做我的对的'是自由；'随丢我的对的'是进步。"

又评："洪章的《草儿在前集》在中国文学史上的最大贡献，在于他的纪游诗。中国旧诗最不适宜做纪游诗，故纪游诗好的极少。洪章这部诗集里，纪游诗差不多占去十分之七八的篇幅。这是用新诗体来纪游的第一次大试验，这个试验可算是大成功了。"

又评："占《草儿在前集》八十四页的《庐山纪游》三十七首，自然是中国诗史上一件很伟大的作物了。这三十七首诗须是一气读下去，读完了再分开来看，方才可以看出他们的层次条理。这里面有行程的纪述，有景色的描写，有长篇的谈话；但全篇只是一大篇《庐山纪游》。自十六至二十三，纪五老峰的探险，写得最有精彩，使我们不曾到过庐山的人，心里怦怦的想去做那种有趣味的事。"（见《读书杂志》）

最后，作诗原属游艺。偶然著诗自娱，偶然出版，偶然修正，偶然辍笔，都不过随兴所之，无关宏旨。此后批评，凡在文艺鉴赏范围以内，无论是否，一律欢迎。但诗宣性情，触物感兴，就是著者自己也未必能尽究指归。见仁见智，全看读者。拘拘作答，似乎不必。这是要请读者见谅的。

一九二三年七月十五日，

康洪章序于旧金山侨次。

四版重校书后

多谢读者！《草儿在前集》三版既售，行又四版了。三版付印的时候，著者正在异国，校勘之劳，不能不累朋友汪乃刚应修人两位代任，错讹极少，十分感谢！不过别人代校，究竟还不免有些少错讹，特于四版重校更正。此后错讹，或者绝无仅有了。

草字白情，从前考大学的时候偶然一用，遂不得不以字行。后来试经改易，颇觉约定俗成，亲友终沿故习。从这点小事上，也可见社会力之大，改革不易；只得从俗仍用。

三版修正稿，删去初版里的新诗多首，大半本依著者随时的好恶，不必就不是好诗。著者原是个乡下人，未免常存乡下人的见识。偶然兴之所至，寄意美人香草，抒写性灵，积作情诗不少。七八年前，社会上男女风俗，大与今日不同。著者虽也为倡男女道德解放的先驱，而鉴于旧人物的摈斥，尤其是新青年的猜忌，竟不敢公然发表，生怕浅人以词害意，枉碍解放运动的前途。因此初版里偶收几首情诗，也就拿乡下人的见识给删掉。如今却大不同了。旧存情诗多首，正打算抽暇编理，刊布专集。而初版旧著重读，更令人生无穷的感慨。即如《自得》一首，寄意静观，韶华如流，此情难在。《天亮了》三章，为历来海内新诗坛不可多得的独幕剧诗，和胡适教授的滑稽喜剧《终身大事》，同其背景。诗中全摹女孩儿家口吻，当时嫌它格调纤弱，所以割爱。如今看来，逃婚还算得甚么稀奇呢？这首诗觉得颇有史味。并且著者也太偏于抒情写景两方面了，剧诗也似乎该略备一格。《题仕女绣帧》四首，风格高雅，不料成谶。《孔丘底逃亡》二章，实在未能免俗！不过着笔时确有深痛。今日盗满天下，转觉得其痛弥深！《答五妹玉璋》，直抒姊妹之爱，淋漓质朴，真趣盎然。一定不载，又觉得未能免俗了！这几首诗，统拟重收在四版卷三里；只为印刷上的困难，特附归卷尾补遗。

几年来糊口四方，俗尘斗积，纵得闲适，也只喜欢把玩真际，惟恐不及，不大愿亲笔砚。除间或著情诗自娱，拟出专集外，少著新诗；就有也不堪发表。只有先母乐养，曾作诔诗；风树之思，终天之恨，哀恸曷极！嗣后每想慈颜，就觉得悲不自胜，而于这次重校旧集，读到从前怀母之作，更加伤感。于是增录《哭祭先母》四章在补遗里，聊以这部集子的四版，纪念先母的德范呵！

一九二九年一月二十六日，

康白情识于上海。

草儿

草儿 ①

草儿在前，

鞭儿在后。②

那喘吁吁的耕牛

正担着犁鸢，

眍着白眼，

带水拖泥，

在那里"一东二冬"地③走着④。

"呼——呼……"⑤

"牛吧⑥，你不要叹气，⑦

快犁快犁，

我把草儿给你。"

---

① 此诗发表于《新潮》1919年第1卷第4期，第27页。初刊本标题为《牛》，全诗不分节。1924年修正三版及1929年四版重校此诗标题改为《草儿在前》。

② 初刊本此处标点为","。

③ 初刊本、1924年修正三版及1929年四版重校"地"为"的"。

④ 初刊本无"着"。

⑤ 初刊本此句为"呼！——呼！……"。

⑥ 初刊本"吧"为"呀"。

⑦ 初刊本此处标点为"。"。

"呼——呼……"①

"牛吧②，快犁快犁。

你还要叹气，

我把鞭儿抽你。"

牛呵！ ③

人呵！

草儿在前，

鞭儿在后。

（一九一九年二月一日，北京）④

---

① 初刊本此句为"呼！——呼！……"。

② 初刊本"吧"为"呀"。

③ 初刊本此处标点为"！——"。

④ 初刊本无写作时间及地点。

窗外①

窗外的闲月②
　　紧恋着窗内蜜也似的相思。
相思都恼了，
　　她还涎着脸儿在墙上相窥。

回头月也恼了，
　　一抽身儿就没了。
月倒没了；
　　相思倒觉着舍不得了。

（二月九日，北京）③

---

① 此诗发表于《新潮》1919年第1卷第4期，第30页，发表时标题为《窗外（八年二月九日）》。1924年修正三版及1929年四版重校删除此诗。

② 初刊本此处有"，"。

③ 初刊本将写作时间置于标题后，为"（八年二月九日）"。

植树节杂诗八首 [①]

一 [②]

从西直门骑驴子到西山，

清溪绿柳间一群生气都从晴风里迎面扑过来，

红尘里时时喷出些脂粉气。

驴子背上底零碎诗却给他飞跑跑掉了。

二

今年寻不出去年我植底 [③] 树了。

明年一定又寻不出今年我植底 [④] 树了。

反正我植底 [⑤] 树总在这匹荒山里。

---

① 此组诗在初版本中收录 8 首。1924 年修正三版及 1929 年四版重校删掉其中 3 首，剩下 5 首。
② 1924 年修正三版及 1929 年四版重校删除此诗。
③ 1924 年修正三版及 1929 年四版重校"底"为"的"。
④ 1924 年修正三版及 1929 年四版重校"底"为"的"。
⑤ 1924 年修正三版及 1929 年四版重校"底"为"的"。

三^①

我袋里一个钱也没有了，

石荪却邀我去逛颐和园。

我问得他有钱，

我便去。

四

颐和园太大。

我们要先逛没有意思的地方，

然后好地方不由得我们不去。

我们竟憨痴痴地^②绕着湖先走了二十多里。

五^③

这么清的湖水，

正好在玉𬟽桥下洗澡呵！

---

① 1924 年修正三版及 1929 年四版重校此诗为第二首，内容与初版本相同。
② 1924 年修正三版及 1929 年四版重校"地"为"的"。
③ 此诗 1924 年修正三版及 1929 年四版重校与初版本相同。

六

风弹着一湖鲛绡纹翡翠的明波，①

松柏丛里衬出黄琉璃瓦的房子，

楼台亭阁把一座富丽的万寿山都穿戴得满了。

这是我第一次读到底中国式的西洋画。②

七③

我们走上万寿山，

满山底梅花不住把春意来醉我们，

我们仿佛已作了《红楼梦》里底人物。

八④

谁说颐和园不是我们自己的？

我们纵承认私有财产是对的，

难道不记得当年海军经费六千万支消在那里么？

（四月五日，北京）

---

①1929年四版重校删除此处标点。
②1924年修正三版及1929年四版重校删除此句。
③1924年修正三版及1929年四版重校删除此诗。
④1924年修正三版及1929年四版重校删除此诗。

车行郊外 ①

好久不相见了，

又长出了稀稀的几根青草；②

却还是青的掩不了干的。

几处做庄稼的男女

踞的踞着；(一)③

走的走着；

挖的挖着；

铲的铲着——

正散着在那里办他们底④草地。

仿佛有些正笑着；

却远了也认不清楚。

呜——呜，⑤一溜我们就过去了。

他们伸了伸腰，

---

① 此诗发表于《新潮》1919年第1卷第5期，第65页。1924年修正三版及1929年四版重校删除此诗。

② 初刊本此处标点为"——"。

③ 初刊本此处"（一）"置于第一个"踞"字之后。

④ 初刊本"底"为"的"。

⑤ 初刊本此处标点为"！"。

都眼睁睁地^①把我们钉着。^(二)

（一）踞，音姑，尻不着地而作坐形。

（二）钉，音定。四川方言：凝视叫做钉；有看着出神底^②意思。

（四月，北京）^③

---

① 初刊本"地"为"的"。
② 初刊本"底"为"的"。
③ 初刊本无写作时间及地点。

桑园道中 ①

七月九日，② 我经津浦铁路往上海。③ 午后热气薰腾，车上实在难受。所幸到了沧州，满天的阴云密布起来，一阵阵的飘风冷吹起来，跟着大点大点的"偏东雨"④乱打起来。一时秋气弥空，脾胃为之开沁。约莫到了桑园底⑤地方，雨就住了；⑥太阳也渐渐地要落坡了⑦。那一⑧种晶莹清爽的风光，简直扑人眉宇。这真是可爱——⑨十分地⑩可爱呵⑪！

什么尘垢都被雨洗空了。

什么腻烦都被凉扫净了。

只剩下灵幻的人，

---

① 此诗发表于《新潮》1919年第2卷第1期，第91—92页，发表时标题为《桑园道中（八年七月九日）》。

② 初刊本时间在标题后，为"（八年七月九日）"。

③ 初刊本"。"为"，"；1924年修正三版及1929年四版重校删除"我"。

④ 1924年修正三版及1929年四版重校删除双引号。

⑤ 初刊本、1924年修正三版及1929年四版重校"底"为"的"。

⑥ 初刊本"；"为"。"。

⑦ 1924年修正三版及1929年四版重校此句为"太阳也快落坡了"；初刊本"地"为"的"。

⑧ 1924年修正三版及1929年四版重校删除"一"。

⑨ 1924年修正三版及1929年四版重校"——"为"，"。

⑩ 初刊本、1924年修正三版及1929年四版重校"地"为"的"。

⑪ 初刊本"呵"为"哟"。

四围着一块灵幻的天。

山哪，风哪，

云哪，霞哪，

半山上的烟哪，

装成了美丽簇新的锦绣一片。

遍地的浓湿，①

反映出灿烂的金色，

越显得他无穷的化力。

沟水不住活活地② 流着；

淡烟不住在柳条儿边浮绕；

暮鸦不住斜着肩儿乱飞；

人却随着他们③——心似流水般地④ 浪转。

好一个动的世界！

一个活鲜鲜的世界！

天呀！⑤ 你是有意厚我们么？

是无意厚我们邪？

哦，——远了。

快不见了。⑥

---

① 初刊本无","。

② 初刊本、1924年修正三版及1929年四版重校"地"为"的"。

③ 初刊本此处有","。

④ 初刊本、1924年修正三版及1929年四版重校"地"为"的"。

⑤ 初刊本、1924年修正三版及1929年四版重校"呀"为"呵"，且初刊本此处标点为","。

⑥ 1924年修正三版及1929年四版重校此处标点为","。

这样的自然！

这样的人生！——

但他俩各走各底^①道儿，

却一些儿也不留恋。

① 初刊本、1924 年修正三版及 1929 年四版重校"底"为"的"。

石头和竹子①

莹净的石头，

修雅的竹子，

他们在一块儿：②

一般地③可爱，④分不出什么高下。

但有时竹子底⑤秀拔，⑥还胜过石头底⑦奇峭。

哦，看呀⑧！

拜哟！⑨拜哟！

竹子都拜到风底⑩脚下了！

不拜的是石头。

---

① 此诗初刊于《星期评论（上海1919）》1919年第9期，第4页。再刊于《新潮》1919年第2卷第2期，第66页，再刊本全诗不分节。

② 初刊本及再刊本此处标点为"；"。

③ 初刊本、再刊本、1924年修正三版及1929年四版重校"地"为"的"。

④ 初刊本此处无标点；再刊本此处标点为"——"。

⑤ 初刊本、再刊本、1924年修正三版及1929年四版重校"底"为"的"。

⑥ 初刊本及再刊本此处无标点。

⑦ 初刊本、再刊本、1924年修正三版及1929年四版重校"底"为"的"。

⑧ 1924年修正三版及1929年四版重校中"呀"为"呵"。

⑨ 再刊本此处标点为"，——"。

⑩ 初刊本、再刊本、1924年修正三版及1929年四版重校"底"为"的"。

他头上底^①细草摇摇吹动，^②
越显出他轩昂的气度。

接着一阵的雨。
欢喜冷浴的是石头；
竹子倒可怜得不像样了。

翻了晴了。
太阳出来了。
他们仿佛又都抿着嘴笑了。^③

（七月，上海）^④

---

① 初刊本、再刊本、1924年修正三版及1929年四版重校"底"为"的"。
② 初刊本及再刊本此处无标点"，"。
③ 1924年修正三版及1929年四版重校此句为"他们仿佛又相视而笑了。"。
④ 初刊本及再刊本写作时间为"八年八月一日"。

送客黄浦 ①

一

送客黄浦，②

我们都攀着缆 ③——风吹着我们底 ④ 衣裳——⑤

站在没遮栏的船楼边上。

黑沉沉的夜色 ⑥

迷离了山光水晕，就星火也难辨白。

谁放浮灯？——仿佛是一叶轻舟？⑦

却怎么不闻桡响？

今夜的黄浦；⑧

明日的九江。⑨

---

① 此诗初刊于《新潮》1919年第2卷第1期，第92—93页。再刊于《少年中国》1919年第1卷第2期，第15—16页。初刊本标题后有"（八年七月十八日）"。

② 初刊本此处标点为"："；再刊本此处无标点。

③ 初刊本及再刊本此处有"，"。

④ 初刊本、再刊本、1924年修正三版及1929年四版重校"底"为"的"。

⑤ 初刊本及再刊本此处标点为"，——"。

⑥ 初刊本及再刊本此处有"，"。

⑦ 初刊本及再刊本此处标点为"。"。

⑧ 初刊本此处标点为"，"；再刊本此处无标点。

⑨ 初刊本此处标点为"，"；再刊本此处无标点。

船呀，① 我知道你不问前途，②

尽直③ 奔那逆流的方向！

这中间充满了别意，

但我们只是初次相见。

二

送客黄浦，④

我们都攀着缆⑤——风吹着我们底⑥ 衣裳——⑦

站在没遮栏的船楼边上。

看看凉月丽空，⑧

才显出淡妆的世界。

我想世界上只有光，⑨

只有花，

只有爱！

我们都谈着——⑩

---

① 初刊本、再刊本、1924 年修正三版及 1929 年四版重校"呀"为"呵"，且初刊本此处标点为"！"。
② 再刊本此处标点为"。"。
③ 初刊本"尽直"为"尽着"。
④ 初刊本此处标点为"："；再刊本此处无标点。
⑤ 初刊本及再刊本此处有","。
⑥ 初刊本、再刊本、1924 年修正三版及 1929 年四版重校"底"为"的"。
⑦ 初刊本及再刊本此处标点为", ——"。
⑧ 再刊本此处标点为"。"。
⑨ 初刊本此处标点为"。"。
⑩ 再刊本此处标点为", ——"。

谈到日本二十年来底①戏剧，

也谈到"日本底光，底花，底爱"底须磨子。②

我们都相互地③看着，

只是寿昌有所思，

他不曾看着我，

也不曾看着别的那一个。

这④中间充满了别意，⑤

但我们只是初次相见。

三

送客黄浦，⑥

我们都攀着缆⑦——风吹着我们底⑧衣裳——⑨

站在没遮栏的船楼边上。

四围底⑩人籁都寂了，⑪

---

① 初刊本、再刊本、1924 年修正三版及 1929 年四版重校"底"为"的"。
② 初刊本、再刊本、1924 年修正三版及 1929 年四版重校此句"底"均为"的"；再刊本句末无标点。
③ 初刊本、再刊本、1924 年修正三版及 1929 年四版重校"地"为"的"。
④ 1924 年修正三版删除"这"。
⑤ 再刊本此处标点为"。"。
⑥ 初刊本此处标点为"："；再刊本此处无标点。
⑦ 初刊本及再刊本此处有"，"。
⑧ 初刊本、再刊本、1924 年修正三版及 1929 年四版重校"底"为"的"。
⑨ 初刊本及再刊本此处标点为"，——"。
⑩ 初刊本、再刊本、1924 年修正三版及 1929 年四版重校"底"为"的"。
⑪ 再刊本此处标点为"。"。

只有她^① 缠绵的孤月^②

尽照着那碧澄澄的风波^③

碰着船毗里绷垄地^④ 响。

我知道人的素心，

水的素心，

月的素心————一样。

我愿水送客行，

月伴我们归去！^⑤

这中间充满了别意，

但我们只是初次相见。

（七月十八日，上海）^⑥

---

① 再刊本"她"为"他"。

② 初刊本及再刊本此处有","。

③ 初刊本及再刊本此处有","。

④ 初刊本、再刊本、1924 年修正三版及 1929 年四版重校"地"为"的"。

⑤ 初刊本此处标点为"。"。

⑥ 初刊本无写作时间及地点；再刊本为"八年七月十八日。"。

女工之歌 ①

一

我没穿的，

　　工资可以买穿。

我没吃的，

　　工资可以买饭。

我没住的，

　　工资便是房钱。

我再没气力，

　　他们也给我二角一天。

他们惠我，② 惠我！

二

我有儿女，

　　他们替我教育。

① 此诗发表于《星期评论（上海1919）》1919年第20期，第2页。

② 初刊本无"，"。

我有疾病，

　　他们给我医药。

我有家务，

　　他们只要求我十点钟底^①工作。

我有孕娠，

他们白^{（一）②}把我几块钱让我休息。

　　他们惠我，^③惠我！

（一）白，有不求报偿底意思。

（八月三日，上海）^④

---

① 初刊本、1924年修正三版及1929年四版重校"底"为"的"。

② 初刊本无"白"及注；1924年修正三版及1929年四版重校删除此注，且"把"为"给"。

③ 初刊本无"，"。

④ 初刊本写作时间为"八年八月三日，时在上海。"。

醉人的荷风 ①

醉人的荷风往来吹动，织起湖面一闪一闪的皱纹。娇艳的荷花半句话儿也没有，只随意望着人憨憨地笑。一个二十四五的妇人，她底姿态是很婀娜的而她底装饰却是很朴素的，独倚在讦字栏干边，仿佛正细数莲瓣上底条理。她底怯弱都被对面底荷花给她尽情披露了。

她偶然想起了什么，翻眼望了望青天，又低下头看着碧水。

曲栏下不当风，水再平静的没有了。她回互地默看着水里，掠了一掠鬓；看她仿佛不知道有多少心事说不出似的。

栏上过来了我们这些欢笑的少年。她随便看了一看我们，自己觉得有些不好意思，就立起身来走动；背地长叹了一声，慢慢的出门上船去了。

这里是三潭印月底背面，她底船绕着这所院子荡转来了；船上还有一个十一二岁的姑娘，笑嬉嬉地给她带着一个笑嬉嬉的小女孩子。她只是凝望着湖山，一声儿不响。

①1924 年修正三版及 1929 年四版重校删除此诗。

这么大热的天气，风揭起她表面的纱衫，她贴身还穿着一件毛织的衬衣。

她看着我们这些欢笑的少年似乎心里有无限的羡慕，但不觉得有半点儿希望。

我们有能说广东话的和她说话，她也胡乱答应我们。我们只知道欢笑，弄一只野船作玩，不提防把水溅了她一身。她对我们忍不住一笑，口内露出很白很整齐的牙齿。但她底笑容马上就敛了，顿时现出一个更惨然的样子；她的两道眉儿都锁得要连拢来了。这时醉人的荷风还是往来吹动，织起湖面一闪一闪的皱纹。娇艳的荷花半句话儿也没有，只随意望着人憨憨地笑。

（八月，上海）

送曾琦往巴黎 ①

慕韩，我来送你来了！ ②

这细雨沾尘， ③

正是送客底 ④ 天气。

这样的风波——⑤

我很舍不得你去；

但我并没有丝毫的意思留你。

你看更险恶的太平洋，

其实再平静的没有了 ⑥ ！

朦胧的日色

照散了漫江的烟雾。

但我觉得这世界还是黑沉沉的 ⑦ 。

---

① 此诗初刊于《时事新报（上海）》1919 年 8 月 29 日〔0012〕版，初刊本全诗不分节。再刊于《少年中国》1919 年第 1 卷第 3 期，第 43 页。初刊本及再刊本标题中"曾琦"为"慕韩"。1924 年修正三版及 1929 年四版重校删除此诗。

② 初刊本此处标点为"。"。

③ 初刊本及再刊本此处无标点。

④ 初刊本及再刊本"底"为"的"。

⑤ 初刊本此处无标点。

⑥ 初刊本及再刊本无"了"。

⑦ 初刊本及再刊本"的"为"地"。

慕韩，我愿你多带些光明回来；

也愿你多带些光明出去。

听哟！ ①

这汽船快就要叫了！

她 ② 叫了出来

她 ③ 就要开去；

我们叫了 ④ 出来

我们就要做去。

慕韩，你去了？ ——⑤

我也要去了 ⑥

（八月二十五日，上海）⑦

---

① 初刊本为"听呵！ "；再刊本为"听呵！ ——"。

② 初刊本"她"为"他"。

③ 初刊本"她"为"他"。

④ 初刊本"叫了"为"听了"。

⑤ 初刊本此处标点为"？ "。

⑥ 初刊本及再刊本此处有"！ "。

⑦ 初刊本无写作时间；再刊本为"八年八月二十五日。"。

慰孟寿椿（以信为序）

……你在北京检察厅底^①监里受"优待"，我却在上海逍遥！假使你和我一道^②儿走了，哪有这一^③番波折？假使我也不走，必和你共尝狱中底^④况味，岂不痛快？无如两条路都不走！恰才我写了一篇东西，伏在案上冥想，又想起你了，不觉一阵心酸，泪丝儿只在我眼眶里旋转^⑤。不过回头一想，倒不觉又失笑了。我立刻草出这几句寄给你。不过究竟能不能寄得到？……

哪一朵好花不受风折？

哪一年底^⑥好庄稼不经大雪？

哪一个好人不遇些盘根错节？

我们不入狱，谁入狱？

寿椿，我揩干眼泪笑了，

---

①1924年修正三版及1929年四版重校删除"底"。
②1924年修正三版及1929年四版重校"道"为"路"。
③1924年修正三版及1929年四版重校删除"一"。
④1924年修正三版及1929年四版重校"底"为"的"。
⑤1924年修正三版及1929年四版重校此句为"泪只在眼眶里旋转"。
⑥1924年修正三版及1929年四版重校"底"为"的"。

你也笑罢!

这正是你!

这正是你底^① 人生价值!

（八月二十五日，上海）

---

①1924 年修正三版及 1929 年四版重校"底"为"的"。

暮登泰山西望 ①

一

白日隐约，暮云把他遮了：

一半给我们看；

一半留着我们想。

日的情么？

云的情邪？

谁遮这落日？ ②

莫是昆仑山底 ③ 云么？

破哟！破哟！

莫斯科的晓破了， ④

莫要遮了我要看的莫斯科哟！（一）⑤

---

① 此诗初刊于《星期评论（上海 1919）》1919 年第 21 期，第 4 页。再刊于《少年中国》1919 年第 1 卷第 5 期，第 42—43 页。

② 初刊本及再刊本此处标点为"，"。

③ 初刊本、再刊本、1924 年修正三版及 1929 年四版重校"底"为"的"。

④ 初刊本此处有"（一）"。

⑤ 再刊本此处无标点，且初刊本、再刊本、1924 年修正三版及 1929 年四版重校均无注。

二

那不是黄河？

那一条白带似的不是黄河？

你从昆仑山的沟里来么？

昆仑山里底① 红叶②

想已饱带着一身秋了。

三

斑烂的石色，③

赭绿的草色，

和这红的，黄的，紫的，蓝的，白的，松铺在一地的山
花相衬——④ 人压在半天里。

这么一块扎细花的破袖！

花草都含愁，

为着落日，也为着秋。

我说："不用愁呵！

---

① 初刊本、再刊本、1924 年修正三版及 1929 年四版重校 "底" 为 "的"。
② 初刊本及再刊本此处有 "，"。
③ 再刊本此处标点为 "。"。
④ 初刊本此处标点为 "。"；再刊本此处标点为 "。——"。

天地不老，我们都正在着花呵！”

（一）东亚日落，西欧破晓。

（九月二十五日）①

---

① 初刊本及再刊本写作时间为"八年九月二十五日。"。

日观峰看浴日 ①

东望东海，

鲤鱼斑的黑云里 ②

横拖着要白不白的青光一带。

中悬着一颗明珠儿，

凭空荡漾，

曲折横斜地 ③ 来往。

这不要是青岛么？

海上的鱼么？

火车上的灯？ ④ 汽船上的灯？ ——还是谁放底 ⑤ 玩意儿 ⑥

么？

升了，升了，

明珠儿也不见了。

---

① 此诗初刊于《时事新报（上海）》1919 年 10 月 31 日〔0011〕版。再刊于《少年中国》1919 年
第 1 卷第 5 期，第 43—44 页。后又刊于《新潮》1919 年第 2 卷第 2 期，第 64—66 页。

② 三个发表本（即初刊本、再刊本、《新潮》版。以下注解同名从略）句末有 "，"。

③ 三个发表本、1924 年修正三版及 1929 年四版重校 "地" 为 "的"。

④ 三个发表本此处标点为 "？ ——"。

⑤ 三个发表本、1924 年修正三版及 1929 年四版重校 "底" 为 "的"。

⑥ 1924 年修正三版及 1929 年四版重校 "玩意儿" 为 "孔明灯"。

山下却现出了村灯 ①——一点——二点——三点。

夜还只到一半么？

这分明是冷清清的晨风，

分明是呼呼呼地 ② 吹着，

分明是带来的几句鸡声，

日怎么还不浮 ③ 出来哟！④

要白不白的青光成了藕色了。

成了茄色了。

红了 ⑤——赤了 ⑥——胭脂了。

鲤鱼斑的黑云 ⑦

都染成了一片片的紫金甲了。

星星都不知道哪里去了；

却展开了大大的一张碧玉。

远远的淡淡的几颗平峰

料必是那海陆的交界。⑧

记得村灯明处，

---

① 初刊本此处有"，"；再刊本及《新潮》版此处有"。"。
②1924 年修正三版及 1929 年四版重校"呼呼呼地"为"气呼呼的"；三个发表本"地"均为"的"。
③《新潮》版"浮"为"游"。
④ 三个发表本此处标点为"？"。
⑤ 三个发表本此处有"。"。
⑥ 三个发表本此处有"。"。
⑦ 三个发表本此处有"，"。
⑧《新潮》版此处标点为"？"。

倒不是得 ① 几点村灯，是几条小河的曲处。

湿津津的小河，

随意坦 ② 着的小河，

蜿蜒的白光——红光

仿佛是刚遇了几根蜗牛经过。

山呀，石呀，松呀，

只迷迷濛濛地 ③ 抹着这莽苍底 ④ 密处。

哦，——一个峰边底 ⑤ 雨滴流晶，⑥ 红得要燃起来了！

他们都火烁烁地 ⑦ 只管汹涌。

他们都仿佛等着什么似地 ⑧ 只粘着不动。

他们待了一会儿没有什么也就隐过去了。

他们再等也怕不再来了。

哦，来了！

这边浮起来了！

一线 ⑨——半边 ⑩——大半边。⑪

---

① 三个发表本无"得"。

② 《新潮》版"坦"为"担"。

③ 三个发表本、1924 年修正三版及 1929 年四版重校"地"为"的"。

④ 三个发表本、1924 年修正三版及 1929 年四版重校"底"为"的"。

⑤ 三个发表本、1924 年修正三版及 1929 年四版重校"底"为"的"。

⑥ 初刊本及《新潮》版此处无标点。

⑦ 三个发表本、1924 年修正三版及 1929 年四版重校"地"为"的"。

⑧ 三个发表本、1924 年修正三版及 1929 年四版重校"地"为"的"。

⑨ 三个发表本此处有"，"。

⑩ 三个发表本此处有"，"。

⑪ 三个发表本此处标点为"，——"。

一个凹凸不定的赤晶盘儿①只在一块青白青白的空中乱闪。

四围仿佛有些什么在波动。

扁呀，圆呀，动荡呀，……

总没有片刻底②停住；

总活泼泼地③应着一个活泼泼的人生；④

总把他那些关不住了⑤的奇光⑥

琐琐碎碎地⑦散在这些山的，石的，松底⑧上面。

（九月二十六日）⑨

---

① 再刊本及《新潮》版此处有"，"。
② 三个发表本、1924 年修正三版及 1929 年四版重校"底"为"的"。
③ 三个发表本、1924 年修正三版及 1929 年四版重校"地"为"的"。
④《新潮》版此处标点为"，"。
⑤1924 年修正三版及 1929 年四版重校"关不住了"为"收不住"。
⑥ 三个发表本此处有"，"。
⑦ 三个发表本、1924 年修正三版及 1929 年四版重校"地"为"的"。
⑧ 三个发表本、1924 年修正三版及 1929 年四版重校"底"为"的"。
⑨ 初刊本无写作时间；再刊本及《新潮》版为"八年九月二十六日。"。

再见 ①

越老越红的红叶

红得不能再红了，

便岂里可啰地 ② 落下来了 ③ ——落了遍地。

越老越红的红叶

很高兴卷着西风，④

便岂里可啰地 ⑤ 落下来了 ⑥ ——落了遍地。

越老越红的红叶

不高兴卷着 ⑦ 西风，

恋了恋枝，

仿佛也没有什么恋枝，

---

① 此诗发表于《少年中国》1919 年第 1 卷第 6 期，第 26—27 页。
② 初刊本、1924 年修正三版及 1929 年四版重校"地"为"的"。
③ 初刊本此处有"，"。
④ 初刊本此句为"高兴了嫁了西风，"。
⑤ 初刊本、1924 年修正三版及 1929 年四版重校"地"为"的"。
⑥ 初刊本此处有"，"。
⑦ 初刊本"卷着"为"嫁给"。

也岂里可啰地 ① 落下来了 ② ——落了遍地。

红叶没有什么；

天却对着他板起脸子。

红叶没有什么；

人却望着他抽着肠子。

红叶没奈何，

才吭着嗓子歌起来了。

歌道，——

"我是红叶。

和我一道儿的是我底 ③ 天。

天让我青我就青；

天让我黄我就黄；

天让我红我就红；

天让我不要恋枝我就放下我底 ④ 责任。

但我们还要再见。

我们再见 ⑤ ——再见！"

---

① 初刊本、1924 年修正三版及 1929 年四版重校"地"为"的"。

② 初刊本此处有","。

③ 初刊本、1924 年修正三版及 1929 年四版重校"底"为"的"。

④ 初刊本、1924 年修正三版及 1929 年四版重校"底"为"的"。

⑤ 初刊本此处有","。

歌声还没有终，

歌响还没有绝，

那还在枝上底^① 红叶

又岂里可啰地^② 落下来了。

（十一月十六日，北京）^③

---

① 初刊本、1924 年修正三版及 1929 年四版重校 "底" 为 "的"。
② 初刊本、1924 年修正三版及 1929 年四版重校 "地" 为 "的"。
③ 初刊本写作时间为 "八年十一月十六日。"。

疑问 ①

一

燕子，②

回来了？

你还是去年底 ③ 那一个么？

二

花瓣儿在潭里；

人在镜里；

她 ④ 在我底 ⑤ 心里。

只愁我在不在她底 ⑥ 心里？

---

① 此诗发表于《新潮》1920年第2卷第3期，第107—108页。再刊于《时事新报（上海）》1920年2月4日〔0013〕版。又刊于《少年中国》1920年第1卷第8期，第58—59页。

② 三个发表本（即初刊本、再刊本、《少年中国》版。以下注解同名从略）此处标点均为"！"。

③ 1924年修正三版及1929年四版重校"底"为"的"。

④ 再刊本、1924年修正三版及1929年四版重校"她"为"他"。

⑤ 再刊本、1924年修正三版及1929年四版重校"底"为"的"。

⑥ 再刊本"她底"为"他底的"；1924年修正三版及1929年四版重校"她底"为"他的"。

三

滴滴琴泉，①

听听②他滴的是什么调子？

四

这么黄的菜花！

这么快活的蝴蝶！

却为什么我③总这么——说不出？

五

绿釉釉的韭畦中，

锄着几个蓝褂儿的庄稼汉。

知道他们是否也有了这些个疑问？

（十一月，北京）④

---

① 三个发表本此处标点均为"。"。

② 再刊本"听听"为"听"。

③ 1924年修正三版及1929年四版重校"我"为"人"。

④ 三个发表本均无写作时间及地点。

雪夜过泰安

凝碧的天里，

没有纤毫底① 云，

却最薄最薄地② 蒙上一层白绿的雾。

越到天边越绿；

越绿越亮；

越亮越糊涂，越看不清楚。

这么分明一③ 个上弦的月呵！

直把星星都稀得才剩几点了。

更衬出一④ 块灰朴灰朴的地。

——雪许是刚才下过的。

哦哦！那黑耸耸的，它不是傲徕山么？⑤

泰山却在那里去了？

越到天边越绿；

---

① 1924 年修正三版及 1929 年四版重校"底"为"的"。
② 1924 年修正三版及 1929 年四版重校"地"为"的"。
③ 1924 年修正三版及 1929 年四版重校删除"一"。
④ 1924 年修正三版及 1929 年四版重校删除"一"。
⑤ 1924 年修正三版及 1929 年四版重校此句为"那黑耸耸的一坨不是傲徕山么？"。

越绿越亮；

越亮越糊涂，越看不清楚。

好疏落的柳条儿呵！

好冷艳的溪沟儿呵！

苍苍的山色——

苍苍的山色刚要给月托出来，

却又给雪抹去了。

可怜！

——只有我不眠的人能消受这样的风光。

但他车轨边一个扫雪底① 人，

和我一样地② 不眠，

却不知道他能不能有我一样的消受？

（十二月三日，津浦铁路车上）

---

①1924 年修正三版及 1929 年四版重校"底"为"的"。
②1924 年修正三版及 1929 年四版重校"地"为"的"。

朝气 [①]

窗纸白了。

镜匣儿亮了。[②]

老头子也 [③] 起来了；

小孩子也起来了；

娘们儿也起来了。

好云霞哟！

好露水哟！

肩的肩锄头；

背的背 [④] 背兜；

提的提篓篓 [⑤]——

一伙儿上坡去。

石块儿也搬开了，

[①] 此诗发表于《少年中国》1920 年第 1 卷第 9 期，第 165—166 页。

[②] 1924 年修正三版及 1929 年四版重校删除此句。

[③] 1924 年修正三版及 1929 年四版重校删除"也"。

[④] 初刊本"背的背"为"揹的揹"。

[⑤] 初刊本此处有","。

乱草也斩尽了，

所有荒芜的都开转来了。

挖上些窝窝，

种下些麦子。

把把的麦花；

蓬蓬的麦子。

看的也有了；①

吃的也有了。②

（一九二〇年二月四日，津浦铁路车上）③

江南 ①

一

只是雪不大了，

颜色还染得鲜艳。

赭白的山 ②

油碧的水，

佛头青的胡豆土。

橘儿担着；

驴儿赶着；

蓝袄儿穿着；

板桥儿给他们过着。

二

赤的是枫叶，

---

① 此诗初刊于《时事新报（上海）》1920 年 2 月 8 日〔0014〕版。再刊于《少年中国》1920 年第 1 卷第 9 期，第 162—163 页。

② 初刊本及再刊本此处有"，"。

黄的是茨叶，

白成一片的是落叶。

坡下一个绿衣绿帽的邮差

撑着一 ① 把绿伞 ② ——走着。

坡上 ③ 踞着一 ④ 个老婆子， ⑤

围着一 ⑥ 块蓝围腰，

侉侉地 ⑦ 吹得柴响。

三

柳桩上拴着两条大水牛。

茅屋都铺得不现草色了。

一个很轻巧的老姑娘

端着一 ⑧ 个撮箕，

蒙着一 ⑨ 张花帕子。

背后十来只小鹅

都张着些红嘴，

---

①1924 年修正三版及 1929 年四版重校删除"一"。

② 初刊本及再刊本此处有","。

③ 初刊本"上"为"下"。

④1924 年修正三版及 1929 年四版重校删除"一"。

⑤ 再刊本此处无标点。

⑥1924 年修正三版及 1929 年四版重校删除"一"。

⑦ 初刊本、再刊本、1924 年修正三版及 1929 年四版重校"地"为"的"。

⑧1924 年修正三版及 1929 年四版重校删除"一"。

⑨1924 年修正三版及 1929 年四版重校删除"一"。

跟着她，^①叫着。

颜色还染得鲜艳，

只是雪不大了。

（二月四日，津浦铁路车上）^②

---

① 初刊本此处标点为"——"。

② 初刊本写作时间为"九年二月四日，于沪宁路车中。"；再刊本为"二〇，二，四，在沪宁路车中。"。

送许德珩杨树浦 ①

"打呀！

罢呀！"

呼声还在耳里。

但事还没做完

你又要去了。

但世界上哪里不应该打？

哪里不应该罢？

又何必一处？

暴徒是破坏底 ② 娘；

进化是破坏底 ③ 儿。

要得生儿，

除非自己做娘去！

奋斗哟 ④！——

努力，加工，永久！

---

① 此诗初刊于《星期评论（上海 1919）》1920 年第 41 期。再刊于《少年中国》1920 年第 1 卷第 9 期，第 170—171 页。

② 1924 年修正三版及 1929 年四版重校 "底" 为 "的"。

③ 1924 年修正三版及 1929 年四版重校 "底" 为 "的"。

④ 初刊本及再刊本 "哟" 为 "呵"。

"有征服，

无妥协，①"

我们不常说么？

牺牲的精神；

创造的生命。

哦！你不要跟着；

你但领着；

他们终归会顺着！

奋斗哟！②

努力，加工，永久！

送你一回；

送你一回；

又送你一回。

前门外细腻的月色，

水榭里明媚的波光，

怎敌得杨树浦这么悲壮的风雨！

笛呀，轮呀，喧声呀，

都仿佛在烟幛里雄着嗓音喝道，

"好呀！别呀！"

---

① 初刊本此处标点为"。"。
② 初刊本及再刊本"哟"为"呵"，且句末标点为"！——"。

楚僧，①

前途，② 珍重！

"楚僧！

楚僧！楚僧！

斯——嗱 ③"

（二月十五日，上海）④

---

① 再刊本此处无标点。

② 初刊本及再刊本此处标点为"！"。

③ 初刊本、再刊本、1924 年修正三版及 1929 年四版重校此处有"！"。

④ 初刊本及再刊本写作时间为"二〇，二，十五，"。

干燥 ①

一

晴着；

风着；

杖儿，壶儿，凳儿倚着。②

但他们却只无情地③对着我。

二

鸟歌讴着；

李花开着；

两两的蜂儿恋着。

但他们却只无情地④对着我。

---

① 此诗初刊于《时事新报（上海）》1920 年 2 月 29 日〔0013〕版。再刊于《少年中国》1920 年第
1 卷第 9 期，第 166—167 页。1924 年修正三版及 1929 年四版重校删除此诗。

② 初刊本此句无两个逗号。

③ 初刊本及再刊本"地"为"的"。

④ 初刊本及再刊本"地"为"的"。

三

油菜浇着；

白牛底背上骑着；

才黄的桑叶儿采着。

但他们却只无情地^①对着我。

（二月二十四日，上海）^②

---

① 初刊本及再刊本"地"为"的"。
② 初刊本写作时间为"（九，二，二七。）"；再刊本为"二〇，二，在上海"。

"不加了！" ①

泪呀，血呀，

就是这爱底水。

醉人在爱底河上，

用瓢加水，眼巴巴地②望着：③

"给我一个波哟！"

但加了一瓢，

又加了一瓢，

加了无量数瓢，全不见半点儿波起。④

水太薄么？

河太广么？

醉人底不才么？

但泪也要干了；⑤

血也要尽了；⑥

---

① 此诗初刊于《时事新报（上海）》1920年2月24日〔0014〕版。再刊于《少年中国》1920年第1卷第9期，第168—169页。1924年修正三版及1929年四版重校删除此诗。

② 初刊本及再刊本"地"为"的"。

③ 再刊本此处标点为"，"。

④ 初刊本"全不见半点儿波起。"另起一行。

⑤ 初刊本此处标点为"，"。

⑥ 初刊本此处标点为"，"。

醉人仿佛也醒了。

他说：①

"不加了！"②

（二月二十五日，上海）③

---

① 初刊本此句及下一句为：
"唉！不加了！"
但是，看呵！
波起了！
再刊本无此句。
② 再刊本此句为"唉！不加了！"。
③ 初刊本无写作时间；再刊本为"二〇，二，廿。"。

阿令配克戏院底^① 悲剧

昨晚上看演《自由花》，

我带了一副欢乐的面孔去的，^②

但一走进剧场里我^③便笑不出来了，

仿佛那里摆满^④了神秘的冷酷。

我^⑤看着饱带四千年遗传文明窈窕的歌女。

听他们凄清幽怨的歌声，

只觉得他们底^⑥眼里喉里藏得有无数微芒的刺。

又看着一群踏歌的小孩子，

充满了和平的气色，

来来往往促促迫迫地^⑦高唱独立歌，

只听到几声

万岁！万岁！万岁！

---

① 1924 年修正三版及 1929 年四版重校"底"为"的"。

② 1924 年修正三版及 1929 年四版重校此句为"大家都欢乐着去的，"。

③ 1924 年修正三版及 1929 年四版重校删除"我"。

④ 1924 年修正三版及 1929 年四版重校"摆满"为"充满"。

⑤ 1924 年修正三版及 1929 年四版重校删除"我"。

⑥ 1924 年修正三版及 1929 年四版重校"底"为"的"。

⑦ 1924 年修正三版及 1929 年四版重校"地"为"的"。

我底 ① 热泪便一径冲撞出来了。

这是一幕庆贺韩国独立底 ② 喜剧。

今天有习习的微风，

风里夹着丝丝的湿气，

天色黄黄的，暗暗的，

太阳腼腼腆腆地 ③ 深躲 ④ 在密云里。

今天是韩国独立宣言纪念日。

今天阿令配克戏院到了三四百士女。

（在初工部局不许开会的，后来经了多少波折才许了！）

好悲壮呵！

《乾坤坎离》环拱玄黄相互的《太极图》底 ⑤ 国旗飘动了全场底 ⑥ 空气。

韩国临时政府先给了一篇严肃的宣言，

大家便看着升旗，致礼。

昨晚上那些饱带四千年遗传文明窈窕的歌女再唱起他们凄清幽怨的歌声出来了，

间着韩国清俊的国歌，

只令得满座都欷欷歔歔地①掩泣。

好悲壮呵！

宾主尽作沉痛的演说，

大家都掩泣得不能仰视，

间着琵安傩沉郁哀婉的歌声，

我底②泪巾已湿透了。

忽然几位韩国青年拍案顿足地③高嚷了几声，

全场底④空气更顿时凄紧，

只听得呜呜嗡嗡地⑤惟有痛哭了。

好悲壮呵！

上帝呵！

这是你底⑥人生么？

是你底⑦艺术邪？

令我想起安南；

想起印度；

想起阿非利加；

①1924 年修正三版及 1929 年四版重校"地"为"的"。
②1924 年修正三版及 1929 年四版重校"我底"为"我们的"。
③1924 年修正三版及 1929 年四版重校"地"为"的"。
④1924 年修正三版及 1929 年四版重校"底"为"的"。
⑤1924 年修正三版及 1929 年四版重校"地"为"的"。
⑥1924 年修正三版及 1929 年四版重校"底"为"的"。
⑦1924 年修正三版及 1929 年四版重校"底"为"的"。

想起已往六七百年底^①波兰；

想起世界上所有供刍狗的民族以至于有色人种。

哦！你莫忘记——

你莫忘记今天

一九二零年三月一日上海阿令配克戏院底^②悲剧！

（一）Olympic Theatre 在上海静安寺路和卡德路底角上。

（二）一九一九年三月一日朝鲜人在京城宣言独立，手持国旗，口呼万岁。几日之内，全境响应。日本兵大肆残虐，老少男女殉难的以万计。^③

①1924 年修正三版及 1929 年四版重校"底"为"的"。

②1924 年修正三版及 1929 年四版重校"底"为"的"。

③1924 年修正三版及 1929 年四版重校删附注。

送刘清扬往南洋 ①

一

南洋热哟！

我们从来总谈兵，也未免觉得太干燥了。

天么，他是我们底花匠！

你此去南洋，

我从他底手里折下几朵来送你，

我从我底舌上弹出几朵来送你，你清凉么？

我还愿你把你手里底花，把你舌上底花，到处也开成些清凉世界，你不辞么？

二

南洋热哟！

热处底东西不能长到寒处来。

听说有好些中国底名种，久已在那里养成了热性，

枝也肥，叶也大，

却是搬了回来就萎了，

——或者大陆上底荆棘更甚么？

我怜他们，我爱他们，却是再不愿他们搬了回来了，你让他们就在那里红着。

三

南洋热哟！

热处底东西长得很快，不用园丁浇灌的。

但他们底枝尽管肥，叶尽管大，却被蛛丝绊住，他们底花总开不旺了。

但他们还是不用浇灌的。

你怜他们，你爱他们，但把绊住他们底蛛丝去了好了。他们一沾风露，自己就会开得旺的。

四

南洋热哟！

寒处底东西也不能长到热处去。

你从寒处带了东西去，是我十分系念的。

我们底花不是我们自己的。

你要殷勤地管领他，不要让他渴着，不要让他吹着，也不要让他晒着。

清扬，望你开花的多着呢！你不要轻自把他糟蹋了！

（三月二十五日，上海）

卅日踏青会

"春又来了！驳宕的晴光和尘嚣气相乱，闷得人要死！不有郊游，怎么能舒抑郁？

"听说这几天松社里白梅和红梅竞开，画眉儿唧唧地[①]望着地上底红叶说笑[②]，光景十分爱人。我们特约同好，于三月三十日上午九时，在那里开卅日踏青会，共赏自然底[③]音乐和图画。我们可以屈你同乐么？

"看哟！霞飞路两旁短墙里底[④]玉兰花，正张眼等着你呢！"（一）

这个小启是一九二零年三月二十八日在上海传布的。你知道这里是怎么样一个闹市！[⑤]许多久客这里有心的青年，或给经济赶来的，或给家庭给[⑥]来的，或给政府赶来的，或在这里作工，或在这里读书，他们感受春光，更该怎么样

---

① 1924 年修正三版及 1929 年四版重校 "地" 为 "的"。
② 1924 年修正三版及 1929 年四版重校 "望着地上底红叶说笑" 为 "清唱"。
③ 1924 年修正三版及 1929 年四版重校 "底" 为 "的"。
④ 1924 年修正三版及 1929 年四版重校 "底" 为 "的"。
⑤ 1924 年修正三版及 1929 年四版重校此句为 "我们知道上海是怎么样一个闹市！"。
⑥ 1924 年修正三版及 1929 年四版重校 "给" 为 "赶"。

烦恼！既得这么一个消息，于是大家都欢欢喜喜地 ① 去了。就有没接着帖子的，也趁着那个时候去了。

那天稍微有点阴雨。因为高兴，被邀的差不多都到了——男男女女都到了。（男的四十六人，女的二十五人。）他们没有一个不欢喜的。但他们眉宇间却仍饱带着东方的严肃 ②。

这是熟梅天气。不错，③ 阴雨稍过倒晴起来了。

松社里有花，有草，有亭，有池，有鸟，有鱼，有树，有石，充满了活泼的天机。忽然穿插上这么多活泼的少年，满园里底 ④ 东西更觉得有喜色。大家怕还有不相识的，各人佩上一张绢条儿，标出自己底 ⑤ 名字。香风 ⑥ 习习地 ⑦ 吹着，绢条儿招展，花边，草边，亭边，池边，鸟边，鱼边，树边，石边，都有人欢欢喜喜地 ⑧ 攀谈。

铃响了。会开了。大家都在草场上围成一个圈儿坐起来。盆花布满了人底 ⑨ 前后；杯盘又零零乱乱地 ⑩ 散靠着盆花。

---

①1924 年修正三版及 1929 年四版重校 "地" 为 "的"。
②1924 年修正三版及 1929 年四版重校 "却仍饱带着东方的严肃" 为 "仍蓄着东方式的严肃"。
③1924 年修正三版及 1929 年四版重校删除 "不错，"。
④1924 年修正三版及 1929 年四版重校 "底" 为 "的"。
⑤1924 年修正三版及 1929 年四版重校 "底" 为 "的"。
⑥1924 年修正三版及 1929 年四版重校 "香风" 为 "东风"。
⑦1924 年修正三版及 1929 年四版重校 "地" 为 "的"。
⑧1924 年修正三版及 1929 年四版重校 "地" 为 "的"。
⑨1924 年修正三版及 1929 年四版重校 "底" 为 "的"。
⑩1924 年修正三版及 1929 年四版重校 "地" 为 "的"。

香风①习习地②吹着，话里每每杂来些花气③。跟着我从圈儿外，走进圈儿里，向着圈儿说：

"我们今天来是踏青，我们在小启里已经说尽了④

"我们在自然界里好像一种能动的机械。机械久用必要搽油；不然他就会停滞了。我们所过底⑤机械生活也够了。我们觉得我们自己也太尘垢了。踏青就是要为我们底⑥机械搽搽油，就是要洗洗我们底⑦尘垢。

"踏青是古人底⑧滥调。古人踏青要做诗；我们却只说话，却只做有趣的玩意儿⑨。古人踏青要饮酒；我们却只喝茶，却只吃点心。我们没有古人那么多闲工夫；我们不能再用心；我们不忍尽管我们自己作乐；我们不敢蹈袭古人底⑩滥调！

"我们算很乐了。墙外还有许多焦头烂额的兄弟姊妹们呢！

"我们刻刻不敢偷安，刻刻不敢忘疾苦。我们想借这点工夫，商量三个问题：我们底①人生应该怎么样？我们底②社会会要怎么样？处在这个社会里，我们底道儿③应该怎么样？

"我们聚散无常。卅日踏青会也是我们底④因缘。随便谈话，随便做有趣的玩意儿⑤，愿大家各尽所能！随便喝茶，随便吃点心，愿大家各取⑥所需！"

跟着每人五分钟底⑦演说。起来说话的男男女女共有六七人。最有趣的是彭璜讲底湖南到地的土话。⑧跟着自由地攀谈。⑨大家都说在口里，⑩听在耳里，印在心里。

跟着做有趣的玩意儿。⑪有说笑话的。⑫有做画马之戏的。⑬有唱歌的。⑭有唱戏曲的。

笑声和掌声充满了草场。会里还有就要出国的；左舜生更拉着我底⑮手讴了一章《送客黄浦》。

---

①1924年修正三版及1929年四版重校"底"为"的"。
②1924年修正三版及1929年四版重校"底"为"的"。
③1924年修正三版及1929年四版重校"底道儿"为"的途径"。
④1924年修正三版及1929年四版重校"底"为"的"。
⑤1924年修正三版及1929年四版重校"做有趣的玩意儿"为"作玩"。
⑥1924年修正三版及1929年四版重校"取"为"得"。
⑦1924年修正三版及1929年四版重校"底"为"的"。
⑧1924年修正三版及1929年四版重校删除此句。
⑨1924年修正三版及1929年四版重校删除此句，添加诗句"有沉毅的，有奋发的，有慷慨激昂的。"。
⑩1924年修正三版及1929年四版重校删除"说在口里，"。
⑪1924年修正三版及1929年四版重校此句为"临别余兴，"。
⑫1924年修正三版及1929年四版重校此处"。"为"；"。
⑬1924年修正三版及1929年四版重校此处"。"为"；"。
⑭1924年修正三版及1929年四版重校此处"。"为"；"。
⑮1924年修正三版及1929年四版重校"底"为"的"。

（一）卅日踏青会最初是^①彭璜君李思安女士^②萧子暲君周敦祥女士^③魏璧女士他们^④几位发起的，我不过躬逢其盛罢了。那天到会的为敌秋、魏嗣銮、王光祈、陈宝锷、薛撼岳、高凤岐、黄正品、周敦祥、劳启荣、王德熙、王耀群、吴若膺、周植生、张传琦、宗白华、曾翼圣、张文亮、陈情、王国焘、唐友龙、张良权、贺芳、黎泽芬、李一龙、梅成章、伍绛霄、沈滨掌、刘英士、凤劳人、谢升庸、左舜生、曹扬篱、李思安、刘静君、张国基、狄侃、胡意诚、方维夏、张国焘、张世玄、魏璧、郭维海、张梦九、张凤贞、王独清、李宗邺、易礼客、沈泽民、陈纯粹、孙镜亚、张闻天、毛飞、翟蕴玉、扬景昭、张□□、吴达模、陈兆蘅、黄湘、胡上珉、凌孟玉、萧子暲、蔡瑞客、张淑娀、陈淡如、彭璜、李亚先、雷懿德、雷宏毅、谭慕愚、唐钧和我共七十一人。

---

①1924年修正三版及1929年四版重校"是"后添加"朋友"。
②1924年修正三版及1929年四版重校删除"女士"。
③1924年修正三版及1929年四版重校删除"女士"。
④1924年修正三版及1929年四版重校删除"女士他们"。

送王光祈魏嗣銮往德意志陈宝锷往法兰西①

好大的雨呵！黄浦底江岸都遮昏了，我们底衣裳都湿透了。

风也多，浪也多，我们底话却少了。

欢哟！笑哟！不要让我们底天地减了颜色！

你们都是我底老师呵！——一年来底行为，读书，做事，全凭你们底教训。② 你们都是我底老师呵！

我还出不得师，你们不要就不管了。

花开我是要想你们的；③ 花繁我是要想你们的；④ 花落我也是要想你们的。⑤ 只愿你们不要忘却。

还记得么？——

蓬庐里底青灯，一坐就不觉得柝响了，光祈还记得么？

---

① 此诗发表于《少年中国》1920年第1卷第11期，第51—52页。1924年修正三版及1929年四版重校删除此诗。
② 初刊本此句为"光祈是我底良师；时珍是我底严师；剑修是我底密师。"。
③ 初刊本此处标点为"，"。
④ 初刊本此处标点为"，"。
⑤ 初刊本此处标点为"，"。

"梁山伯底弟兄，不打不亲热"，是在南京路底一个菜馆子里证明的，时珍还记得么？

雨从船篷上漏下来，流满我们底帽顶了，我们还只谈着，剑修还记得么？

这些事我都一一地记得。你们给我说的，我都一一地记得。

风呀，雨呀，浪呀，① 还不住地作势，我们却要别了。

我们就别了，好在还在一个天地里。

我们握手过就别了，却把爱度在手里了。

我们底手撒了，只要爱还存留着。

（四月一日，上海）②

---

① 初刊本全诗"呀"均为"呵"。
② 初刊本写作时间为"一九二〇，四，一，在上海。"

和平的春里

遍江北底^① 野色都绿了。

柳也绿了。

麦子也绿了。

细草也绿了。

水也绿了。

鸭尾巴也绿了。

茅屋盖上也绿了。

穷人底^② 饿眼儿也绿了。

和平的春里远燃着几团野火。

（四月四日，津浦铁路车上）

①1924 年修正三版及 1929 年四版重校"底"为"的"。
②1924 年修正三版及 1929 年四版重校"底"为"的"。

妇人 [1]

妇人骑一匹黑驴儿，

男子拿一根柳条儿，

远傍着一个破窑边底 [2] 路上走。

小麦都种完了，

驴儿也犁苦了，

大家往外婆家里去玩玩罢。

驴儿在前，

男子在后。

驴背上还横着些篾片儿，

篾片儿上又腰着些绳子。

他们俩底 [3] 面上都皱着些笑纹。

春风吹了些蜜语 [4] 到他们底口里 [5] 来，

---

[1] 此诗初刊于《星期评论（上海1919）》1920年第47期，第4页，初刊本全诗不分节。再刊于《少年中国》1920年第1卷第11期，第49—50页。

[2] 1924年修正三版及1929年四版重校"底"为"的"。

[3] 1924年修正三版及1929年四版重校"底"为"的"。

[4] 1924年修正三版及1929年四版重校"蜜语"为"细语"。

[5] 1924年修正三版及1929年四版重校"底口里"为"的耳里"。

又从他们底^① 口里偷^② 了去了。

前面一条小溪，

驴儿不过去了。

他们都望着笑了一笑。

好，驴儿不骑了；^③

柳条儿不要了；^④

男子底^⑤ 鞋儿脱了；^⑥

妇人在男子底^⑦ 背上了；^⑧

驴儿在妇人底^⑨ 手里了。

男子在前，

驴儿在后。

（四月五日，津浦铁路车上）^⑩

---

① 1924 年修正三版及 1929 年四版重校 "底" 为 "的"。

② 1924 年修正三版及 1929 年四版重校 "偷" 为 "吹"。

③ 初刊本此处标点为 "。"。

④ 初刊本此处标点为 "。"。

⑤ 1924 年修正三版及 1929 年四版重校 "底" 为 "的"。

⑥ 初刊本此处标点为 "。"。

⑦ 1924 年修正三版及 1929 年四版重校 "底" 为 "的"。

⑧ 初刊本此处标点为 "。"。

⑨ 1924 年修正三版及 1929 年四版重校 "底" 为 "的"。

⑩ 初刊本写作时间为 "二〇，四，五，在德州。"；再刊本为 "一九二〇，四，五，在津浦路车中。"。

从连山关到祁家堡①

一

这里底② 山花比银还要白些。

这里底③ 山色比黛还要浓些。

又有些开红花的小树，从山脚一直匍匐到山顶。

猪呀，羊呀，骡马呀，也没有人照料，

只在草地上漫漫地④ 游着。

白杨也晒得懒了。

开土的也挖得倦了。

他们都选花阴下伏着喝茶，

两个姑娘却在旁边底⑤ 石上坐着。

二

也有些着叶的树子，

① 此诗初刊于《少年中国》1920 年第 1 卷第 12 期，第 52—53 页。再刊于《新潮》1920 年第 2 卷第 5 期，第 92—93 页。
②1924 年修正三版及 1929 年四版重校"底"为"的"。
③1924 年修正三版及 1929 年四版重校"底"为"的"。
④1924 年修正三版及 1929 年四版重校"地"为"的"。
⑤1924 年修正三版及 1929 年四版重校"底"为"的"。

花却总是白的。

远近都掩映着些灰白的茅屋，

都零零落落地①矮小得好看。

路旁几家红砖的新屋，

高高地撑着些彩画过的鱼幌子。

沟里拉着两个褴褛的小孩子，

一个望着路上几个日本兵底②佩刀，

一个望着屋檐下一个晾衣底③日本妇人底④一双雪白的⑤

肥手。

三

燕子在土上飞来飞去地⑥。

炊烟从山腰里冒出来，浮来浮去地⑦。

男子跟着，妇人领着，一个人驾两⑧条牛，一个人驾两

匹马，就在那些土里犁来犁去地。⑨

---

①1924年修正三版及1929年四版重校"地"为"的"。
②1924年修正三版及1929年四版重校"底"为"的"。
③1924年修正三版及1929年四版重校"底"为"的"。
④1924年修正三版及1929年四版重校"底"为"的"。
⑤初刊本"的"为"底"。
⑥1924年修正三版及1929年四版重校"地"为"的"。
⑦1924年修正三版及1929年四版重校"地"为"的"。
⑧初刊本"两"为"二"。
⑨1924年修正三版及1929年四版重校"地"为"的；再刊本此句为"男子跟着，妇人领着，就在那些土里犁来犁去地。"。

土边一所四合头的瓦房子，

外面三十来个蓝衣红领的小学生，都在那里"一二三四"，[①]

"一二三四"地[②] 操着。[③]

墙下底[④] 草花真绿得自在，

却不知道佩刀的要强做他们底[⑤] 主人了！

（五月一日，南满铁路车上）[⑥]

---

① 初刊本此处无","。

② 1924 年修正三版及 1929 年四版重校"地"为"的"。

③ 初刊本此处标点为","。

④ 1924 年修正三版及 1929 年四版重校"底"为"的"。

⑤ 1924 年修正三版及 1929 年四版重校"底"为"的"。

⑥ 初刊本写作时间为"——一九二〇年五月一日，于南满路车中。——"；再刊本为"——一九二零年五月一日，于南满铁路车中——"。

鸭绿江以东^①

鸭绿江以东不是殷家底^② 旧土了！

但滔滔的江水还尽管绿着。

江之东是尚白的，

却也有些种药的在这里穿着蓝褂儿。

江之西是尚蓝的，

却也有些挑菜的在那里飘着白带儿。

什么东西江水，可以割断人间底^③ 爱么？

鸭绿江以东不是殷家底^④ 旧土了。

但我^⑤ 不愿她还是他底^⑥ 旧土，

让她就是她自己底^⑦ 旧土好了！

好秀丽哟，这些层层叠叠曲曲折折的峦嶂！

---

① 此诗发表于《新潮》1920 年第 2 卷第 5 期，第 90—92 页。

②1924 年修正三版及 1929 年四版重校"底"为"的"。

③1924 年修正三版及 1929 年四版重校"底"为"的"。

④1924 年修正三版及 1929 年四版重校"底"为"的"。

⑤ 初刊本、1924 年修正三版及 1929 年四版重校此处有"也"。

⑥1924 年修正三版及 1929 年四版重校"底"为"的"。

⑦1924 年修正三版及 1929 年四版重校"底"为"的"。

还有平平的溪水，就回绕他们懒懒地^①流着。

遍山野都是小松；^②

遍田坎都是青菜；

遍家屋都放着鸡豚；^③

——装点成了太平的景象。

天之所以助她么？

还是所以误她邪？

回望故乡^④——

蔚蓝的天空远映着，

什么高山大河，都迷在飞絮似的白云里了。

路远了，

路远了，

也听不出青秧田上底^⑤杜鹃声，

只有这满山红着底^⑥杜鹃花还拟得出几分乡味儿。

呀！我最爱你杜鹃花，

爱你底^⑦红，

---

①1924 年修正三版及 1929 年四版重校"地"为"的"。

②初刊本此句及上一句紧接上文，不分行。

③初刊本此处标点为"，"。

④初刊本此处有"，"。

⑤1924 年修正三版及 1929 年四版重校"底"为"的"。

⑥1924 年修正三版及 1929 年四版重校"底"为"的"。

⑦初刊本、1924 年修正三版及 1929 年四版重校"底"为"的"。

爱你底^①红好像是血染成的！

呀哈！"溅我黄儿千斗血，

染红世界自由花！"

——朱家郭解底^②侠风那里去了？

但我相信这个还终归睡^③在我们底^④骨子里的。

但滔滔的江水还尽管绿着。

哦，好兄弟，好姊妹，

你们去照照你们底^⑤面孔！

看哟^⑥！

去年底^⑦稻椿还在田里。

顶着瓮儿底^⑧妇人正去井边汲水。

土里躬着的庄稼汉儿正把锄头儿薅草。

唉！我可爱的老百姓们，这几年底^⑨收成好么？

上了田租，剩下的怎么样了？

你们所希望底^⑩子女们读书得怎么样了^⑪——

---

①1924年修正三版及1929年四版重校"底"为"的"。

②1924年修正三版及1929年四版重校"底"为"的"。

③1924年修正三版及1929年四版重校删除"睡"。

④1924年修正三版及1929年四版重校"底"为"的"。

⑤1924年修正三版及1929年四版重校"底"为"的"。

⑥初刊本"哟"为"呵"。

⑦初刊本、1924年修正三版及1929年四版重校"底"为"的"。

⑧1924年修正三版及1929年四版重校"底"为"的"。

⑨1924年修正三版及1929年四版重校"底"为"的"。

⑩1924年修正三版及1929年四版重校"底"为"的"。

⑪初刊本此处有"，"。

我可爱底①老百姓们？

噫！那里底②杜鹃声？

"还我蜀来！还我蜀来！"

望帝之魂怎么也飞到这里来了？

"还我蜀来！还我蜀来！"……

哦，好兄弟，好姊妹，

鸭绿江以东不是殷家底③旧土了，

但我也不愿她还是他底④旧土。

起哟！起哟！……

（五月一日，南满铁路车上）⑤

---

① 初刊本、1924 年修正三版及 1929 年四版重校"底"为"的"。

② 1924 年修正三版及 1929 年四版重校"底"为"的"。

③ 1924 年修正三版及 1929 年四版重校"底"为"的"。

④ 1924 年修正三版及 1929 年四版重校"底"为"的"。

⑤ 初刊本写作时间为"——一九二〇，五，一，南满路车中。——"。

紫踯躅花之侧 ①

一对赤着脚的 ② 小儿女，

（至多不过十六七罢，）

搬了满车底 ③ 稻梗，

慢慢地 ④ 走过紫踯躅花之侧。

妇人推着；

男子挽着；

曼声歌着；

叽嘎叽嘎的车声，

浅不克 ⑤ 凌，浅不克 ⑥ 凌的鸟讴声，

自然成韵地 ⑦ 和着。

蓝花的白帕子漾着满田坎底 ⑧ 紫踯躅花。

紫踯躅花有什么香，

---

① 此诗发表于《新青年》1920 年第 8 卷第 1 期，第 43 页。

② 初刊本"的"为"底"。

③ 1924 年修正三版及 1929 年四版重校"底"为"的"。

④ 1924 年修正三版及 1929 年四版重校"地"为"的"。

⑤ 初刊本无"克"。

⑥ 初刊本无"克"。

⑦ 1924 年修正三版及 1929 年四版重校"地"为"的"。

⑧ 1924 年修正三版及 1929 年四版重校"底"为"的"。

他们并不觉得。

紫踯躅花有什么色，[①]

他们并不觉得。

（五月，东京访新村作）[②]

---

① 初刊本此处无标点。

② 初刊本写作时间为"一九二零年五月，在东京访新村作。"。

日光纪游十一首

一

天气看来倒是很晴的。

北京大学游日学生团底①事算完了。

我们也给东京底②都市气闭苦了。

于是有寿椿，有日葵，有俶新，有彦之，有白情③，熟

路的老朋友有善徽，

我们一道儿去逛日光去。

我们一火车直坐到日光驿。

二

走路要轻装，

我们④只好吃一个"亲子井"。（一）

---

①1924年修正三版及1929年四版重校"底"为"的"。
②1924年修正三版及1929年四版重校"底"为"的"。
③1924年修正三版及1929年四版重校"白情"为"洪章"。
④1924年修正三版及1929年四版删除"我们"。

三

我们^①第一步过神桥。

这里是一条半长不长的宽拱桥，

有红的栏杆，

有绿霞霞的水，

有惊心的浪，

有神秘的光景。

四

我们会走马观花；

我们也善观大略；

我们又仿佛好读书不求甚解。

不测的雨来了。

我们一溜烟便穿遍了东照宫；

一溜烟又走过了二荒山神社；

一溜烟又看完了宝物馆。

东京底^②樱花都谢完了。

①1924年修正三版及1929年四版重校删除"我们"。
②1924年修正三版及1929年四版重校"底"为"的"。

东照宫还给我们留下了几树。

我们 ① 觉得这里底 ② 天气变了。

一望的长松；

一望的围墙；

一望的金镂；

一望的朱漆殿宇。

士女们都在拜殿里罗拜。

他们尽管向神龛底下抛钱。

两廊陈列着些古东西，

几个漂亮的和尚却在侧边朝衣朝冠地 ③ 跪着。

听说这些都是日本皇家的。

听说这些殿宇都已有好几百年了。

宝物呵！

国粹呵！

刀剑呵！

宗教的仪式呵！

野蛮 ④ 时代留下来底 ⑤ 东西呵！

①1924年修正三版及1929年四版重校删除"我们"。

②1924年修正三版及1929年四版重校"底"为"的"。

③1924年修正三版及1929年四版重校"地"为"的"。

④1924年修正三版及1929年四版重校"野蛮"为"原始"。

⑤1924年修正三版及1929年四版重校"底"为"的"。

——但几个守东西卖画片底^①女子却是很时髦的。

五

好雨！好雨！

北白河宫邸哪，

田母泽桥哪，

大久保哪，

清泷村哪……

我们都来不及看了。

我们再一电车坐到马返。

六

马返以上没有电车了，

我们只得走去。

好雨！好雨！

草鞋套在靴子上；

油纸背在背上；

颗颗的雨直淋在草帽上。

哈…哈…哈…哈…

①1924 年修正三版及 1929 年四版重校"底"为"的"。

好雨！好雨！

哈…哈…哈…哈…

哈…哈…哈…哈…

一路赤脚的女子笑起过来了。

油纸背在背上；

"下驮"（二）提在左手上；

洋伞撑在右手上；

颗颗的雨直淋在绣花的 ① 红裙上。

他们看了我们越是忍不住笑了。②

我们看了他们也更得了笑的材料了。③

哈…哈…哈…哈…

哈…哈…哈…哈…

好雨！好雨！

过幸桥，

过深泽桥，

我们直溯大谷川底 ④ 源头沿上去。

我们不溜在河里也就是本事了！

---

① 1924 年修正三版及 1929 年四版重校删除"的"。
② 1924 年修正三版及 1929 年四版重校删除此句。
③ 1924 年修正三版及 1929 年四版重校删除此句。
④ 1924 年修正三版及 1929 年四版重校"底"为"的"。

哈…哈…哈…哈…

好雨！好雨！

七

好容易上到剑之①峰，

我们可要歇憩了。

我们便坐在一个茶屋里吃"果子"，（三）

细听般若泷和②方等泷底③狂啸。

乡下底④女子要红些。

日光驿底⑤女子便红得多了。

这里底⑥泷子更红得可怜。

她不过只有十四岁。

她又卖画片又给我们斟茶。

她最爱笑。

日葵最爱引她玩。

说，"好红呢"！

---

①1924年修正三版及1929年四版重校删除"之"。

②1924年修正三版及1929年四版重校删除"和"。

③1924年修正三版及1929年四版重校"底"为"的"。

④1924年修正三版及1929年四版重校"底"为"的"。

⑤1924年修正三版及1929年四版重校"底"为"的"。

⑥1924年修正三版及1929年四版重校"底"为"的"。

她便笑把她底 ① 两只手蒙着她底 ② 脸儿。

又说她底 ③ 手，

她又笑把她底 ④ 两只手藏进她底 ⑤ 袖儿。

八

天要晚了，

我们不能不快走。

我们便直从几湾斜路底 ⑥ 当中截上去。

我们远念着日光最高峰，

近只看脚面前底 ⑦ 两三步。

我们上前便上前，

再也不知道有什么回顾。

后面是泥滑滑的高山，

周围塞满了白濛濛的云雾，

回顾去可很不好看呵！

我们一口气跑过大尻，

天恰晚了。

①1924年修正三版及1929年四版重校"底"为"的"。
②1924年修正三版及1929年四版重校"底"为"的"。
③1924年修正三版及1929年四版重校"底"为"的"。
④1924年修正三版及1929年四版重校"底"为"的"。
⑤1924年修正三版及1929年四版重校"底"为"的"。
⑥1924年修正三版及1929年四版重校"底"为"的"。
⑦1924年修正三版及1929年四版重校"底"为"的"。

九

伊藤旅馆还很周到的，
我们便住下了。
换衣；
洗澡；
说笑；
喝啤酒；
第一回吃"撒希美"。（四）

十

好冷呵！
第二早晨我们才觉得冷呢。
风带了雪片吹在我们底^①脸上。

好一片绿霞霞的中禅寺湖呵！
冷风在太阳光里飒飒地^②吹着。
南面阴山的积雪；
北面阳山的樱花。

①1924 年修正三版及 1929 年四版重校"底"为"的"。
②1924 年修正三版及 1929 年四版重校"地"为"的"。

半边白的；

半边红绿相间的。

盆供似的上野岛远峙在湖底 ① 东面。

好美的，好神奇的中禅寺湖呵！

沿湖南到歌之滨，

北到再一个二荒山神社，

我们讨了些红叶，

买了几根樱杖，

便没有再往前去了。

十一

雪那样地 ② 白；

雨那样地 ③ 溅；

银河那样地 ④ 泻；

雾那样地 ⑤ 飞腾；

云烟那样地 ⑥ 缥缈；

---

①1924 年修正三版及 1929 年四版重校"底"为"的"。
②1924 年修正三版及 1929 年四版重校"地"为"的"。
③1924 年修正三版及 1929 年四版重校"地"为"的"。
④1924 年修正三版及 1929 年四版重校"地"为"的"。
⑤1924 年修正三版及 1929 年四版重校"地"为"的"。
⑥1924 年修正三版及 1929 年四版重校"地"为"的"。

海破天崩那样地 ① 骇人；

大铁锤打在地上那样地 ② 震动。

疑是中禅寺湖底 ③ 神龙贪爱阳山上底 ④ 樱花吐出了白涎。

疑是威娜司（五）为了天下有情人抛下一条长带子。（六）

哦，这不是我六七年来所梦想底 ⑤ 华严泷么？

今天到了！

上下了许多的石坎和 ⑥ 栈道才到了！

根本解决的少年哲学家藤村操还在这里么？（七）

"悠悠天地，

辽辽古今——"

我 ⑦ 对了这个也 ⑧ 有些失望呢！

万有之真，真就以"不可解"三个字 ⑨ 注脚么？

"不可解"底 ⑩ 解决，真就以这样为极致么？

大谷川底 ⑪ 水绿霞霞的，

怎么竟不答我呵？

---

①1924 年修正三版及 1929 年四版重校"地"为"的"。
②1924 年修正三版及 1929 年四版重校"地"为"的"。
③1924 年修正三版及 1929 年四版重校"底"为"的"。
④1924 年修正三版及 1929 年四版重校"底"为"的"。
⑤1924 年修正三版及 1929 年四版重校"所梦想底"为"梦想的"。
⑥1924 年修正三版及 1929 年四版重校删除"和"。
⑦1924 年修正三版及 1929 年四版重校删除"我"。
⑧1924 年修正三版及 1929 年四版重校"也"为"诚"。
⑨1924 年修正三版及 1929 年四版重校此处添加"为"。
⑩1924 年修正三版及 1929 年四版重校"底"为"的"。
⑪1924 年修正三版及 1929 年四版重校"底"为"的"。

华严泷呵！华严泷呵！

我不愿看你了！

我且把我当做你一样地①直泻到海里去！

（一）鸡肉和鸡蛋混蒸底②钵子饭，日本叫做"亲子井"。

（二）"下驮"是日本式的屐。

（三）糖饼之类，日本统叫做"果子"。

（四）"撒希美"，译音，是一种鲜鱼打生吃的，为日本最阔的菜品。

（五）Venus。

（六）日本盛行死恋底③风气，来投华严泷的甚多。

（七）藤村操，年十八，恨宇宙底④疑问不解，投于华严泷而死。临死，在岩上削开树皮⑤题道："悠悠天地，辽辽古今，而以五尺之小而计此大也！婆来肖之哲学，竟何'阿琐利谛'之足值？万有之真，一言而悉，曰，'不可解'而已，恨哉，闷哉，而卒以决于死！且既立乎岩上，而我之心宴然。而后乃今知悲之极之适一于乐之极也！"云云。

（五月二十五日，日本）

---

①1924年修正三版及1929年四版重校"地"为"的"。
②1924年修正三版及1929年四版重校"底"为"的"。
③1924年修正三版及1929年四版重校"底"为"的"。
④1924年修正三版及1929年四版重校"底"为"的"。
⑤1924年修正三版及1929年四版重校"削开树皮"为"白树"。

归来大和魂（有序）①

　　由神户回上海，过长崎登陆，再上春日丸，我真②和日本小别了。既而相去越远，凭栏回眺，只见汪洋，追怀日本底③美，不胜恋恋，而一念及她底④丑，又不胜可惜之情。记得我⑤在东京帝国大学演说，曾说到大和魂和世界底⑥文化，深惜大和魂之附非其体。于是本这个意思，赋长歌几章以招之。

大⑦和魂，我底⑧心醉了。

你所备⑨的，大体都给我爱了。

算哟！

孤傲的山，

---

① 此诗发表于《时事新报（上海）》1920年6月20日〔0014〕版。初刊本无序，标题为《归来太和魂》。
② 1924年修正三版及1929年四版重校"我真"为"且"。
③ 1924年修正三版及1929年四版重校"底"为"的"。
④ 1924年修正三版及1929年四版重校"底"为"的"。
⑤ 1924年修正三版及1929年四版重校删除"我"。
⑥ 1924年修正三版及1929年四版重校"底"为"的"。
⑦ 初刊本"大"为"太"。
⑧ 1924年修正三版及1929年四版重校"底"为"的"。
⑨ 初刊本"备"为"有"。

险绝的水，

炫缦的樱花，

不是你底① 灵么？

俭约的"下驮"②，

干净的席子，

忙不了③ 的竹扫把，

不是你底肉④ 么？

悲壮的歌，

质朴的踊，

沉雄的剑，

有耻的"腹切"⑤，

鹿儿岛底⑥ 战卒，

赢得死恋底⑦ 江户子，

不都是你底儿⑧ 么？

哦，大⑨ 和魂，

我所爱的，大体都给你备⑩ 了。

---

① 1924 年修正三版及 1929 年四版重校"底"为"的"。

② 初刊本此处无引号。

③ 1924 年修正三版及 1929 年四版重校"忙不了"为"勤快"。

④ 1924 年修正三版及 1929 年四版重校"底肉"为"的德"。

⑤ 初刊本此处无引号。

⑥ 1924 年修正三版及 1929 年四版重校"底"为"的"。

⑦ 1924 年修正三版及 1929 年四版重校"底"为"的"。

⑧ 1924 年修正三版及 1929 年四版重校"底儿"为"的血"。

⑨ 初刊本"大"为"太"。

⑩ 初刊本"备"为"有"。

只可惜你自己没有柁儿！

譬如染丝，

你好比白矾；

有了你颜色就亮了。

你却不问他是什么颜色。——

染于苍就苍；

染于黄就黄。

譬如酿酒，

你好比麦子；

有了你就发酵了。

你却不问他拿去做什么。——

饮交杯^① 也用他；

配毒药也用他。

又譬如机器，

你好比力；

有了你就动了。

你却不问他做的是什么。——

---

①1924 年修正三版及 1929 年四版重校本"饮交杯"为"合卺"。

或者缝衣；

或者舂米；

或者榴散弹也是他造的。

哦，大^①和魂，

只可惜你自己没有柁儿，

你把道儿走错了！

你为什么可贵？

不是为人间^②而可贵么？

人间不用神性，

不用兽性。

要你拥一人，^③

教你爱国；

却教你不要爱人间。^④

"四大德"什么东西^⑤？

不只是奴性罢了么？^⑥

我见你底^⑦神性；

---

① 初刊本"大"为"太"。

②1924年修正三版及1929年四版重校删掉"间"。

③1924年修正三版及1929年四版重校此句为"要你爱同族，"。

④ 初刊本此处无标点；1924年修正三版及1929年四版重校"人间"为"世界"。

⑤1924年修正三版及1929年四版重校此处添加"呢"。

⑥1924年修正三版及1929年四版重校删除此句。

⑦1924年修正三版及1929年四版重校"底"为"的"。

见你底① 兽性；

却何曾见你底② 人性！

我最爱的江户儿，

——不曾尚名誉，尊仁义，扶弱而抑强，以供人役使为贱么？

侠邪，江户儿！

君子邪，江户儿！

不也是大和魂底儿③ 么？

如今，却怎么不见了？

不见江户儿，

所以成其为贵族④ 官僚军阀压平民，而资本家压劳动者底⑤ 日本么？

所以成其为爱国而不爱人间⑥，徒见神性⑦兽性而不见人性底⑧ 日本么？

——羞哟！⑨

山孤傲而无脉；

①1924年修正三版及1929年四版重校"底"为"的"。
②1924年修正三版及1929年四版重校"底"为"的"。
③ 初刊本"大"为"太"；1924年修正三版及1929年四版重校"底儿"为"的血"。
④1924年修正三版及1929年四版重校删除"贵族"。
⑤1924年修正三版及1929年四版重校"底"为"的"。
⑥1924年修正三版及1929年四版重校"人间"为"世界"。
⑦ 初刊本此处有"和"。
⑧1924年修正三版及1929年四版重校"底"为"的"。
⑨1924年修正三版及1929年四版重校"——羞哟！"为"噫！"。

水险绝而能留；

樱花炫缦而不终……

也是大和魂底① 灵么？

日本呀②！

不见江户儿，

我为你哭了！

哦，大③ 和魂，

你还在么？

你把道儿走错了！

归来，大④ 和魂！

归来，大⑤ 和魂！

守你底⑥ 灵；

养你底肉⑦；

好好地带着你底儿，⑧

铲除你底⑨ 蟊贼；

---

① 初刊本"大"为"太"；1924 年修正三版及 1929 年四版重校"底"为"的"。
② 初刊本、1924 年修正三版及 1929 年四版重校"呀"为"呵"。
③ 初刊本"大"为"太"。
④ 初刊本"大"为"太"。
⑤ 初刊本"大"为"太"。
⑥ 1924 年修正三版及 1929 年四版重校"底"为"的"。
⑦ 1924 年修正三版及 1929 年四版重校"底肉"为"的德"。
⑧ 初刊本此处标点为"；"；1924 年修正三版及 1929 年四版重校此句为"涵育你的血；"。
⑨ 1924 年修正三版及 1929 年四版重校"底"为"的"。

以你底 ① 血洗你底 ② 污；

不要作人间底 ③ 仇而作人间底 ④ 友！

（六月七日，春日丸船上） ⑤

---

①1924 年修正三版及 1929 年四版重校 "底" 为 "的"。

②1924 年修正三版及 1929 年四版重校 "底" 为 "的"

③1924 年修正三版及 1929 年四版重校 "人间底" 为 "世界的"。

④1924 年修正三版及 1929 年四版重校 "人间底" 为 "世界的"。

⑤ 初刊本写作时间为 "——一九二〇，六，七，于黄海，春日丸舱中。——"。

幡 ①

夜深了，

人都要睡尽了，

隔舱一阵缠绵的瓖阿林却引我上甲板来。

哦，好月呵！

缘银边的蓝云块儿浓抹在天和海底圆线上。

远近翻起点点的银波。

四围底空气都笼着一层淡青色。

缠绵的瓖阿林更引我上天，

引我下地，

引我到北京，

引我到南京，

引我到上海，

引我飞过巫山十二峰，

引我走遍了十二万里。

（六月七日，春日丸船上）

---

① 1924 年修正三版及 1929 年四版重校删除此诗。

吊福田 ①

记得去年相见，

你只是一个小孩子，

我却说你是一个老头子。

我说你——

我底舌下有无限的辛酸。

如今，

你倒不是老头子了。

你却走过老头子底前面去了！

记得今年相别，

我送你上南京，

什么话我都想不出说的，

只教你少读些，多玩玩，少想些，多跳跳。

我看你——

我底眼里有无限的辛酸。

如今，

① 1924 年修正三版及 1929 年四版重校删除此诗。

你倒不读了，不想了，

却是玩也不玩了，跳也不跳了。

记得前一回我回北京，

你和德熙到江边来拦我，

不知道怎么没撞着就过去了。

后来他告诉我，

我心里更有无限的辛酸。

这一回我又过南京，

我和德熙来看你，

却只见漆棺五尺摆着了！

记得小时候算命的给我说，

报应在天。

后来读到《西厢》，

又觉得天是专以颠倒人间为快的。

后来又读到《进化论》，

才知道天只顾着力往前走，什么也不问的。

福田，你底力怎么样呢？

我想起一个诚实的你，

一个伶俐的你，

一个温文尔雅的你，

一个面带烦恼的，吹着一枝黑竹儿的箫，

一个老头子似的小孩子……。

唉！这么一个物质的世界！

"福田！我底泪不轻为少数人掉的，如今却为了你了！"

（六月十三日，津浦铁路车上）

斜阳 ①

斜阳从老柏树里透下来

压在中央公园背后底红墙上。

墙下底野花也被晚风吹颤了。

他们点上阳光，

更紫金得可爱了。

绿叶子边底缝里

尽填着花花路路的胭脂色。

哦，你浓艳的胭脂色，

我直要和你亲嘴了！

（六月十七日，北京）

---

① 1924 年修正三版及 1929 年四版重校删除此诗。

自得 ①

中夏什刹海底 ② 清晨

是一组复杂的音乐，

是一幅活的画。

铁嘴儿飞着叽哩呱喇地 ③ 叫。

鹌鹑儿对对地 ④ 跟着，唧的一声，又投向芦苇里去了。

白的小蝴蝶儿端在空中飘着惹燕子。

柳阴里露出几栏遮不住底 ⑤ 红楼，

一根挑子 ⑥ 在楼下走着 ⑦ 叫白菜。

满担底绿桃子红李子在一家屋檐下搁着。⑧

卖东西的却坐在一块青石磴上打渴睡。

侧边又一个斑白的老头子，一针一针地坐在阶级上补他春天底破棉袄。

---

① 1924 年修正三版删除此诗；1929 年四版重校中重新收录此诗。
② 1929 年四版重校"底"为"的"。
③ 1929 年四版重校"地"为"的"。
④ 1929 年四版重校"地"为"的"。
⑤ 1929 年四版重校"遮不住底"为"遮剩的"。
⑥ 1929 年四版重校此处添加"走"。
⑦ 1929 年四版重校删除"走着"。
⑧ 1929 年四版重校删除此句及以下四句。

檐上底老乌呱的一声，

他举头看了一眼湖里底红藕。

沟里有些鱼儿跳出水来晒肚皮，

——卷出 ① 水红色的白肚皮——

碧水一井，又振起一个圈儿。

忽然飞来一只白鹭 ② 夹了一尾去了。

荷叶吹了些清香出来。③

西山从屋顶上露了些黛晕出来。

白云在蓝空里随意浮动。

军警弹压处底五色旗晒在红楼边底篾棚下浪着。

隔岸一个打赤膊的，叽嘎叽嘎地推过满车白亮亮的

冰。……

一组复杂的音乐，

一幅活的画，

①1929年四版重校"卷出"为"翻出"。
②1929年四版重校此处有"，"。
③1929年四版重校此句及以下四句为：
满蓝空里的白云；
满远山的黛晕；
满湖的红藕。
满担的绿桃子红李子在一家屋檐下搁着，
卖东西的却坐在一块青石磴上打渴睡。
隔岸一个赤膊的，叽嘎叽嘎的推过满车白亮亮的冰。……
且另为一小节。

尽在中夏什刹海底^①清晨里。

（六月二十二日）^②

---

①1929 年四版重校"底"为"的"。
②1929 年四版重校写作时间为"（一九二〇年六月廿二日，北京）"。

天亮了 ①

天亮了么？

夜娃②子嘎嘎地飞着。③

我底④梦醒了。

起来；

摸我底⑤箱奁；

收拾我底⑥行李。

月光从亮瓦里透进来，照在我底⑦帐钩上。

夜来香隔着我妈底⑧屋子香过来。

妈呀⑨！我怎么样舍得你？⑩

只是你把我错爱了。

----

①此诗初刊于《新潮》1920年第2卷第5期，第89—90页。再刊于《少年中国》1920年第2卷
第3期，第54—56页。1924年修正三版删除此诗。1929年四版重校重新收录此诗。

②1929年四版重校"娃"为"哇"。

③1929年四版重校"嘎嘎地"为"呱呱的"，且删除句末标点。

④1929年四版重校"底"为"的"。

⑤1929年四版重校"底"为"的"。

⑥1929年四版重校"底"为"的"。

⑦1929年四版重校删除"我底"。

⑧1929年四版重校"我妈底"为"娘的"。

⑨初刊本及再刊本"呀"为"呵"；1929年四版重校"妈呀"为"娘呵"。

⑩1929年四版重校删除"样"，且句末添加"（一）"。

你怎么样不谅谅我底心？ ①

你怎么样不想想你当年底自己？ ②

你不曾也误过么？

你自己误了还不足 ③，还要误你底 ④ 女儿么？

或者谁教你取偿于你底女儿么？ ⑤

村里底狗 ⑥ 叫得好厉害， ⑦

杂着窗外悉悉的虫声。

我底 ⑧ 行李收拾好了。

我底 ⑨ 鬓儿也挽过了。

月光也 ⑩ 斜到粉壁上去了。

天大概要亮了。

屋里都耸着模糊的黑影儿，

——怕哟！

屋梁上一炸，好像我嫂没有睡着底叹声。 ⑪

----

① 1929 年四版重校删除"样"，"底"为"的"。
② 1929 年四版重校删除"样"，"底"为"的"。
③ 1929 年四版重校"足"为"够"。
④ 1929 年四版重校"底"为"的"。
⑤ 1929 年四版重校删除此句。
⑥ 初刊本"村里底狗"为"村狗些"；再刊本"村里底狗"为"村狗"；1929 年四版重校"底"为"的"。
⑦ 1929 年四版重校"叫得"为"吠得"，且句末标点为"！"；再刊本"厉害"为"利害"。
⑧ 1929 年四版重校"底"为"的"。
⑨ 1929 年四版重校删除"我底"。
⑩ 1929 年四版重校"也"为"已"。
⑪ 1929 年四版重校"我嫂"为"嫂子"，"底"为"的"。

嫂呀①！只有你知道我底②心；

只有我底③心知道你知道我。

只是你当初也太随人摆布了。

从今后谁来慰你?

也谁来慰我?

愿你珍重!

愿我们④都自慰哟!

鸡叫了。

老哇⑤也离枝了。

我底⑥心乱了。

窗上蒙着粉白的颜色，——天就亮了。

去么?

回到床上去睡么?

镜子里隐着一个⑦作难的我。

抽开门儿看看罢。

东方已挂上了几片很淡的红云。

①初刊本"呀"为"呵"；1929年四版重校"嫂呀"为"嫂子呵"。

②1929年四版重校"底"为"的"。

③1929年四版重校"底"为"的"。

④1929年四版重校"我们"为"咱们"。

⑤再刊本"老哇"为"老鸦"。

⑥1929年四版重校"底"为"的"。

⑦1929年四版重校"一个"为"个"。

木槿花底 ① 香醉得我 ② 好懒!

却是他香得怎么样自由!

唵,去罢!

梅子树上底 ③ 小鸟也惊起来了。

芭蕉底 ④ 凉露滴在我底 ⑤ 头上。

哦,这是我手栽的,

是伴我读书底 ⑥ 密友!

芭蕉呀 ⑦! 为什么你总对着我闷闷地 ⑧?

你惜别么?

我们 ⑨ 今天不别,就终久不别了么?

我底泪不能软了我底脚 ⑩

你不要 ⑪ 伤心。

我望着你点点头,你望着我笑笑。

你好好地长着哟 ⑫,芭蕉!

---

①1929 年四版重校"底"为"的"。
②1929 年四版重校"我"为"人"。
③1929 年四版重校"底"为"的"。
④1929 年四版重校"底"为"的"。
⑤1929 年四版重校"底"为"的"。
⑥1929 年四版重校"底"为"的"。
⑦初刊本、再刊本及 1929 年四版重校"呀"为"呵"。
⑧1929 年四版重校"地"为"的"。
⑨1929 年四版重校"我们"为"咱们"。
⑩初刊本及再刊本此处有"。";1929 年四版重校两个"底"均为"的",且句末添加"。"。
⑪1929 年四版重校"不要"为"别"。
⑫初刊本及再刊本"哟"为"呀";1929 年四版重校此句为"你好好儿长着呀"。

你不要 ① 伤心，我去了！

(六月二十三日，北京)②

---

①1929年四版重校"不要"为"别"。

②初刊本及再刊本写作时间为"——一九二零年六月二十三日于北京。——"，且再刊本"日"后有逗号；1929年四版重校为"(六月廿三日，北京)"。附注内容为"(一)你，同您，对第二人的尊称。又有'佢'字下着'心'字，读如探，是对第三人的尊称；同因字形不好看，又不好写，改写作'他'。至于'他'字，以为只须有'她'字足以辨别阴阳，已经够了。'的'字在文典上用途甚广，决不止于三类。似乎都宜概仍其旧，以免治丝而分；不然，如'儿'字，'家'字，'价'字，有时都是以代替'的'字，又将怎么办呢？尊称是社会上原有的习惯，约定俗成，东西各国都有，废掉似不足以屦人类表示敬意的感情。案'怀'音作你侵切；以粤音例之，以和'他'字同由'你们''他们'等复字音速读拼切而来。即如'俺'字自己尊称。恰如'我们'两字的拼切，其理相同。也同日本人有身分的称吾等（瓦勒瓦勒）一样。大抵对个人用单数称呼，似不足以表敬，因而无意间用复数，不意久后竟成了另一个字呵。"。

题仕女绣帧（为彭梦民夫人）①

一

只有雪配作麦子底② 朋友；
只有松配作雪底③ 朋友。

二

稻田里晒着好些个打谷子的，
汗滴在水里簌簌地④ 响，
荷叶底⑤ 笠也焦得不中用了。
忽然透来几阵风，
凉得他们谷子都不想打了。
他们谢谢风，
——看出茅檐边绿荫荫的竹子。

①1924年修正三版删除此诗，1929年四版重校重新收录此诗，标题为《题仕女绣帧四首（为彭梦民夫人）》。
②1929年四版重校"底"为"的"。
③1929年四版重校"底"为"的"。
④1929年四版重校"地"为"的"。
⑤1929年四版重校"底"为"的"。

三

药家种底 ① 花好几亩呢。

他底 ② 女儿却最爱菊花。——

清晨簪他；

晌午餐他；

晚上摘下他挑到市上去。

四

一年累到头底 ③ 年来了。

年年栽篱笆底 ④ 梅开了。

快摘下些花来，过个闹热年罢。

白的拿给老婆子。

红的拿给女儿。

开得好的拿去送周家。 ⑤

开繁了的拿来壁上插瓶子。

（六月二十四日，北京）

---

① 1929 年四版重校"底"为"的"。

② 1929 年四版重校"他底"为"他们的"。

③ 1929 年四版重校"底"为"的"。

④ 1929 年四版重校"底"为"的"。

⑤ 1929 年四版重校此处无标点。

晚晴

大风雹过去了。

世界全笑了。

天安门外陡呈满天地庄严的颜色。

红日从西北角上射过来，

偌大一块蓝玉都给她烤透了。

群众五万人能容底①地上斜返出花花路路的红影子。

红脸红手的兵，戴着红帽子，很严肃地②在红影子上排立着。

四围红墙黄瓦，红楼绿瓦，都端端正正地③对着西北角上底④红日放光。

东长安街花牌坊上却拖出两道很长很长的彩虹，圆接着正阳门上底⑤大城楼。

沿路合欢花底⑥红冠都给北京电灯公司烟囱上底⑦金烟

镀成赤金色了。

哦伙！世界全笑了！

大风雹过去了！

这些景样样都不错。

上帝送我，

我应该怎么样做？（一）

（六月二十七日，北京）

（一）当我正在那里走着，忽得一种感兴，想道："上帝送我，我应该怎么样做？"既而顿悟，又想到胡适教授底^①《应该》一首里有这种相类的调子，于是依样填足一句"这些景样样都不错。"这是偶然的。其实这种调子万不可以成风气。

---

①1924 年修正三版及 1929 年四版重校"底"为"的"。

别北京大学同学 ①

一九二〇年六月下旬，②北京大学同学饯别我们于来今雨轩，与会的到六十几人，都是曾共过患难的。当时百感丛生，我在席上演说，竟至声泪俱下。七月二日我③离北京回家，到车站上送我的又到二十几人，也以④北京大学同学为多。同车的有两位军人，看着大为感动，竟不恤以心腹告诉我一个生人。车上追念往日的壮剧，中夜不能睡觉，出车凭铁栏北望，慷慨悲歌。而残月一湾，更使我添无限的别意。于是追译来今雨轩底⑤席上演说使成行子，以泻忧思。

诸位兄弟呵！

我们不是同学么？

我们同学和寻常同学不同，

不是曾共过患难么？

---

①1924年修正三版及1929年四版重校此诗标题为《别国立北京大学同学》。

②1924年修正三版及1929年四版重校此处添加"国立"。

③1924年修正三版及1929年四版重校删除"我"。

④1924年修正三版及1929年四版重校此处添加"国立"。

⑤1924年修正三版及1929年四版重校"底"为"的"。

但是我们底 ① 成就怎么样？

我 ② 往日离家，

家里底 ③ 人送我，

我心里未尝不难过；

但我只掉头不顾就去了。

今天你们饯别我，

我却不能只掉头不顾就去了。

我喝着葡萄酒只当是血泪！

我们 ④ 想，

所贵乎做同学的应该怎么样？

不是说要互劝道德，互砥学问，互助事业么？

道德上我们要勉做到完人 ⑤，

我们于完人自问做到了没有 ⑥ ？

学问上且不说太高深，

我们于自己所学的是否还有愧？

事业上我们还只是学生——

---

① 1924 年修正三版及 1929 年四版重校"底"为"的"。

② 1924 年修正三版及 1929 年四版重校删除"我"。

③ 1924 年修正三版及 1929 年四版重校"底"为"的"。

④ 1929 年四版重校"我们"为"咱们"。

⑤ 1924 年修正三版及 1929 年四版重校"勉做到完人"为"造就伟大的人格"。

⑥ 1924 年修正三版及 1929 年四版重校此句为"自问伟大的人格造到了没有"。

但从去年五四运动以来我们总是曾共过患难的，

如今我们底 ① 成就究竟怎么样？

我呢——

更该万死！

我受同学底 ② 厚爱以当全国学友底 ③ 重托，

而我诚还未足以感人，

学还未足以济用，

致酿成今日底 ④ 危局而前功几于尽弃。

诸位兄弟呵！

或者我们于同学之道大概 ⑤ 还有所没 ⑥ 尽么？

噫！……

但我们底 ⑦ 来日长着呢！

我们也不要惋惜过去的，

我们但努力于来日。

我此去至少 ⑧ 得待五年后才回国。

诸位兄弟呵！

---

①1924年修正三版及1929年四版重校"底"为"的"。

②1924年修正三版及1929年四版重校"底"为"的"。

③1924年修正三版及1929年四版重校"底"为"的"。

④1924年修正三版及1929年四版重校"底"为"的"。

⑤1924年修正三版及1929年四版重校删除"大概"。

⑥1924年修正三版及1929年四版重校"没"为"未"。

⑦1924年修正三版及1929年四版重校"底"为"的"。

⑧1924年修正三版及1929年四版重校"至少"为"大约"。

请以这杯葡萄酒为寿了！

五年后而我于道德上学问上事业上都没有很大的长进，我誓不回来见你们；

你们而于道德上学问上事业上都没有很大的长进，你们也不要见我！……

庐山纪游三十七首

一 ①

外湖里底 ② 水给夜雨后底 ③ 凉风淌着。

堤上底 ④ 草吹得只是拜。

两件单衣都凉透了。

摩托车从新坝上直开到妙智铺,

二十几里底 ⑤ 工夫就到了。

过眼底 ⑥ 东西都飞也似地 ⑦ 过去,

只觉得满眼尽 ⑧ 是莽苍苍 ⑨ 的。

莽苍苍的之中蜿蜒着几条红的道儿 ⑩ 。

莲花洞怕被云迷了。

---

① 此诗及第二首诗发表于《新青年》1920年第8卷第1期,第43—45页。初刊本标题为《庐山纪游三十七首之二》,第二首诗诗末有"一九二零年七月八日至十二日。"

② 1924年修正三版及1929年四版重校"底"为"的"。

③ 1924年修正三版及1929年四版重校"底"为"的"。

④ 1924年修正三版及1929年四版重校"底"为"的"。

⑤ 1924年修正三版及1929年四版重校"底"为"的"。

⑥ 1924年修正三版及1929年四版重校"底"为"的"。

⑦ 1924年修正三版及1929年四版重校"地"为"的"。

⑧ 初刊本"尽"为"只"。

⑨ 初刊本"莽苍苍"为"莽苍"。

⑩ 1924年修正三版及1929年四版重校"红的道儿"为"红路"。

山邪?

云邪?

那里看得清楚呵?

却又何必看得清楚呵!

二

无勇莫游山,

我心里常常地^①这么想着。

十八里底^②山程远么?

你自己不作工,还要带累几个人跟着你不作工,还要拿

钱买些痛给他们,

这个理出在哪一^③部经上?

你底^④脚带来干什么的?^⑤

你自己不走,也算你自己游山么?

这时我心里更不断地^⑥这么问着。

一个提包一枝杖,

更脱下一件单衣,

---

①1924 年修正三版及 1929 年四版重校删除 "地"。

②1924 年修正三版及 1929 年四版重校 "底" 为 "的"。

③1924 年修正三版及 1929 年四版重校删除 "一"。

④1924 年修正三版及 1929 年四版重校 "底" 为 "的"。

⑤1924 年修正三版及 1929 年四版重校此处标点为 "!"。

⑥1924 年修正三版及 1929 年四版重校 "地" 为 "的"。

飞也似地 ① 我就往山上走去了。

寺哪，庵哪，洞哪，

我也没有心问他，

只韵着流泉底 ② 控璁声，

望白云底 ③ 深处上着。

饱我有凉透了的粥；

饮我有激流的泉；

润我有霡霂的雨。

——我还有什么不足呢？

究竟他们底 ④ 担负要重些，

挑担子的也给我赶过了，

抬箱子的也给我赶过了。

我们底 ⑤ 衣裳都湿透了。

看看就上到筋竹岭了。

山阿里流泉打得钦里孔隆地 ⑥ 响，⑦

---

① 1924 年修正三版及 1929 年四版重校 "地" 为 "的"。

② 1924 年修正三版及 1929 年四版重校 "底" 为 "的"。

③ 1924 年修正三版及 1929 年四版重校 "底" 为 "的"。

④ 1924 年修正三版及 1929 年四版重校 "底" 为 "的"。

⑤ 1924 年修正三版及 1929 年四版重校 "底" 为 "的"。

⑥ 1924 年修正三版及 1929 年四版重校 "地" 为 "的"。

⑦ 初刊本此处无标点。

引得我要洗澡底① 心好动，

我就去洗澡。

石塘上三四家荷兰式的茅店，风吹得凉悠悠地②，

引得我要歇憩底③ 心好动，

我就去歇憩。

隔座一个挑担子的，

蒲扇不住地④ 扇着，

茶不住地⑤ 喝着，

周身底⑥ 汗不住地⑦ 流着，

眼里带着一⑧ 种惊诧的神光，不住地⑨ 把我打量着，

引得我要问他底⑩ 心好动，

我就问他：

"朋友，好汗呵！

几颗汗换一⑪ 个钱呢？"

他望着我笑了一⑫ 笑，

---

① 1924 年修正三版及 1929 年四版重校 "底" 为 "的"。
② 1924 年修正三版及 1929 年四版重校 "地" 为 "的"。
③ 1924 年修正三版及 1929 年四版重校 "底" 为 "的"。
④ 1924 年修正三版及 1929 年四版重校 "地" 为 "的"。
⑤ 1924 年修正三版及 1929 年四版重校 "地" 为 "的"。
⑥ 1924 年修正三版及 1929 年四版重校 "底" 为 "的"。
⑦ 1924 年修正三版及 1929 年四版重校 "地" 为 "的"。
⑧ 1924 年修正三版及 1929 年四版重校删除 "一"。
⑨ 1924 年修正三版及 1929 年四版重校 "地" 为 "的"。
⑩ 1924 年修正三版及 1929 年四版重校 "底" 为 "的"。
⑪ 1924 年修正三版及 1929 年四版重校删除 "一"。
⑫ 1924 年修正三版及 1929 年四版重校删除 "一"。

却不曾想出什么^① 话来答我。

三^②

筋竹岭上底^③ 路更陡了。

山是层层叠叠的；

路却螺旋似地^④ 回绕着他们。

仰头看不上百来级坎子；

埋头也看不上百来级坎子。

满地底^⑤ 淫泉；

满山底^⑥ 酷日；

好在筋竹儿有风，还平平淡淡地^⑦ 吹着。

夹着路旁的都是筋竹儿，

野草在竹缝里茸茸地^⑧ 填着，

也杂得有^⑨ 朱黄的萱花。

---

① 初刊本无"什么"。

② 此诗及下一首诗发表于《新潮》1920 年第 2 卷第 5 期，第 93—96 页。初刊本标题为《庐山纪游三十七首之二》，第四首诗诗末有"——一九二零年七月八日至十二日。——"及"（全诗载在近刊拙著《草儿集》上，著者附记。)"。

③1924 年修正三版及 1929 年四版重校"底"为"的"。

④1924 年修正三版及 1929 年四版重校"地"为"的"。

⑤1924 年修正三版及 1929 年四版重校"底"为"的"。

⑥1924 年修正三版及 1929 年四版重校"底"为"的"。

⑦1924 年修正三版及 1929 年四版重校"地"为"的"。

⑧1924 年修正三版及 1929 年四版重校"地"为"的"。

⑨ 初刊本"有"为"有些"。

最可爱的是崖边吊着底^①那一枝，

我便攀下他来簪在帽子上。

经过一根板桥底^②时候，

一个八九岁的^③小姑娘很勤快地^④在那里洗她底^⑤手巾。

我问得她爱他，

便又把他从帽子上取下来给她了。

哦，云来了。

四面底^⑥山都不见了。

前后底^⑦人都不见了。

天陡然阴霾了。

瀑布也不知道在那里，

却尽作他骇人的撞声。

忽然几阵飘风，

云从山顶上沉下来^⑧，

露出一点——二点底^⑨青峰，

红红绿绿的牯岭已在前面。

---

①1924 年修正三版及 1929 年四版重校"底"为"的"。
②1924 年修正三版及 1929 年四版重校"底"为"的"。
③初刊本"的"为"底"。
④1924 年修正三版及 1929 年四版重校"地"为"的"。
⑤1924 年修正三版及 1929 年四版重校"底"为"的"。
⑥1924 年修正三版及 1929 年四版重校"底"为"的"。
⑦1924 年修正三版及 1929 年四版重校"底"为"的"。
⑧初刊本"沉下来"为"沉下去"。
⑨1924 年修正三版及 1929 年四版重校"底"为"的"。

山下白濛濛的，——

只怕又^①在下雨了。

四

山坳上零零碎碎，^②断断续续，^③上上下下地^④摆着^⑤许多颜色鲜艳的房子——各种西洋式的房子。

黑压压的，横^⑥成一杠的却是中国式^⑦的街道。

除了就是绿荫荫的草木了。^⑧

除了就是绿荫荫的草木里破开底^⑨几条白的道儿^⑩了。

卖苹果的，卖沙发的，^⑪

卖领带的，卖牛津大学底^⑫书的，^⑬

九江和南昌还不容易找的，这里倒有了。

拖下驮的，

---

① 初刊本"又"为"不"。

② 初刊本此处无标点。

③ 初刊本此处无标点。

④ 1924年修正三版及1929年四版重校"地"为"的"。

⑤ 1924年修正三版及1929年四版重校"摆着"为"排着"。

⑥ 初刊本"横"为"横拖"。

⑦ 初刊本无"式"。

⑧ 初刊本此句与上一句合为一句。

⑨ 1924年修正三版及1929年四版重校"底"为"的"。

⑩ 1924年修正三版及1929年四版重校"道儿"为"道路"。

⑪ 初刊本此句前还有一句"卖水的，"，且"卖沙发的，"另为一行。

⑫ 1924年修正三版及1929年四版重校"底"为"的"。

⑬ 初刊本"卖牛津大学底书的，"另为一行。

对对往来的，

长裙短袖① 烫卷了头发的，

九江和南昌还不容易见的，这里倒多着了。

《微调》底② 歌声，

三味线底③ 歌声，

苏格兰底④ 歌声，

《春之花》底⑤ 歌声，

赞美上帝底⑥ 歌声，

九江和南昌还不容易听的，这里倒处处都是了。

好一个欧化的牯岭呵⑦ ！

从北山上看转来，

全岭在望，

觉得她娇滴滴越显红白⑧ ，

我所住底⑨ 大观楼也格外衬托得好看。

回望九江，

正好给暮色笼住了。

---

① 初刊本此处有"，"。
②1924年修正三版及1929年四版重校"底"为"的"；初刊本"微调"无书名号。
③1924年修正三版及1929年四版重校"底"为"的"。
④1924年修正三版及1929年四版重校"底"为"的"。
⑤1924年修正三版及1929年四版重校"底"为"的"。
⑥1924年修正三版及1929年四版重校"底"为"的"。
⑦ 初刊本"呵"为"哟"。
⑧ 初刊本"娇滴滴越显红白"有双引号。
⑨1924年修正三版及1929年四版重校"底"为"的"。

基督教①青年会里消夏底②学生，都男男女女，三三五五地③在草径上游着。

他们大半都穿着夹衫子，或套着黑的夹背心。④

哦，⑤这不还是七月么？⑥

好一个艺术化的牯岭呵⑦！

五

晚夜⑧通宵的润雨，

凉得我这时候才起来，

窗外底⑨炊烟已晒得成了紫金色了。

远处怕不能去游了。

花洲有两叶，

和我同住在一块儿。

我有什么呢，他们却这样地⑩喜欢我？

---

① 初刊本此处无"基督教"。

② 1924年修正三版及1929年四版重校"底"为"的"。

③ 1924年修正三版及1929年四版重校"地"为"的"。

④ 初刊本"或套着黑的夹背心。"另为一行。

⑤ 初刊本无"哦，"。

⑥ 初刊本此处标点为"？——"，且此句下一行有"哦！威娜司！——"。

⑦ 初刊本"呵"为"哟"。

⑧ 1924年修正三版及1929年四版重校"晚夜"为"昨夜"。

⑨ 1924年修正三版及1929年四版重校"底"为"的"。

⑩ 1924年修正三版及1929年四版重校"地"为"的"。

我们一见就如故了。

我们要游去就一道儿。

我们何不上南山去游游去？

六

上山！上山！

一路底① 白泉；

一路底② 石桥；

一路底③ 红房子；

一路绿釉釉的松；

一路朱黄的萱花；

一路底④ 泡桐树。

泉到了源头了。

盥我；

饮我；

莹洁的石头爱我。

——拣他五坨回去送我心念着他的。

---

① 1924 年修正三版及 1929 年四版重校"底"为"的"。
② 1924 年修正三版及 1929 年四版重校"底"为"的"。
③ 1924 年修正三版及 1929 年四版重校"底"为"的"。
④ 1924 年修正三版及 1929 年四版重校"底"为"的"。

七 ①

这么一个宽坪呵！

再绕上去就是山岭了。

我们从草径中走去，

草在我们底 ② 胫上拂来拂去地。③

露水却早被朝阳烘去了。

皮鞋踩在淫泉上咭咕咭咕地 ④ 响。

菖蒲底 ⑤ 脚下长着赤芝。

还有没谢完的杜鹃花还在那里红红黄黄地 ⑥ 开着。

还有姜黄的花蝴蝶儿对对地 ⑦ 点着灯笼草。

还有许多的花儿草儿虫儿说不上名儿的。

还有乱草里忽看出几根紫玉簪花。

哦 ⑧ ！紫玉簪花？

我有好多年不见你了！

① 此首诗发表于《少年中国》1920年第2卷第3期，第53—54页。初刊本标题为《庐山纪游（三十七首之一）》，诗末有"——一九二零年七月八日至十二日——"。
② 1924年修正三版及1929年四版重校"底"为"的"。
③ 初刊本此处标点为"；"。
④ 1924年修正三版及1929年四版重校"地"为"的"。
⑤ 1924年修正三版及1929年四版重校"底"为"的"。
⑥ 1924年修正三版及1929年四版重校"地"为"的"。
⑦ 1924年修正三版及1929年四版重校"地"为"的"。
⑧ 初刊本"哦"为"呀"。

记得八九岁时，我底 ① 妈曾簪惯了这个的。

妈呀 ②！你还有发可以簪这个么？

我想摘他两枝给你寄回来，

又怕他在路上萎了！

八

上到一个凹口了。

挑柴的说，这里就是含鄱口。

问他鄱阳湖在那里？

他手向西边底 ③ 空里指着，

口向他底 ④ 指头儿上跷着：

"那里不是么？

只可惜全给云遮了！"

蒸腾的云呀 ⑤！

可惜我不能立时把剑挥开你！

但云里似乎还有一个洞望得下去的。

---

① 1924 年修正三版及 1929 年四版重校"底"为"的"。
② 初刊本、1924 年修正三版及 1929 年四版重校"呀"为"呵"。
③ 1924 年修正三版及 1929 年四版重校"底"为"的"。
④ 1924 年修正三版及 1929 年四版重校"底"为"的"。
⑤ 1924 年修正三版及 1929 年四版重校"呀"为"呵"。

挑柴底 ① 朋友，你看那云洞里不是么？

绿的，暗蓝的，是原上底 ② 秧田。

白的，黄的，赭红的，不就是湖么？

但还是看得很模糊的，云洞竟合起来了。

登罢！

登在峰上去罢！

云又露出缺儿了。

有岛；

有船；

有大船；

有蜿蜒的小河流入湖里。

河口仿佛还有两株大树。

但还是看得很模糊的，云缺儿又补起来了。

再登罢！

登在最高的峰上去罢！

云又大散开了。

这么大的鄱阳湖，却花花路路地 ③ 送了好些在我们底 ④

①1924 年修正三版及 1929 年四版重校"底"为"的"。
②1924 年修正三版及 1929 年四版重校"底"为"的"。
③1924 年修正三版及 1929 年四版重校"地"为"的"。
④1924 年修正三版及 1929 年四版重校"底"为"的"。

眼里。

刚看着底① 那只大船才是一个小岛呢。

右边更有一垠长洲,仿佛马鬣封似的,真青得不能再青了。

云块儿拂过底② 地方点点现黯白的颜色。

但总是看得很模糊的。

但再要不模糊些,或者倒要没有意思了。

好,谢谢你蒸腾的云!

我底③ 剑也不好挥你了。

——你把一片鄱阳湖艺术地④ 给我们看了!

九

三上南京,一登牯岭底⑤ 梦九,说是为访蔡苏娟而去的。

介民也不久才来访过她。

她竟给人家景慕到这样么?

我何妨也去——也去访访她?

天已晚了。

好容易从流水声里,交叉路里,树林影里,上上下下的

---

①1924 年修正三版及 1929 年四版重校"底"为"的"。
②1924 年修正三版及 1929 年四版重校"底"为"的"。
③1924 年修正三版及 1929 年四版重校"底"为"的"。
④1924 年修正三版及 1929 年四版重校"地"为"的"。
⑤1924 年修正三版及 1929 年四版重校"底"为"的"。

山谷里，"锦特尔满"和"奶得"乃至邮差底① 口里才问得她！

　　一个"奶得"先开了门来接着我。

　　待了好久，她才跟着一盏明暗的洋灯走出来：

　　慈祥的眼；

　　和蔼的面；

　　长长的身材；

　　肥肥的手；

　　多血的颜色；

　　亲切的丰度；

　　蕴藉的笑；

　　二十三四底② 年纪；

　　黑润的发；

　　青縠的衫和裙；

　　金线缘边的袖；

　　齐整的精神；

　　有规矩的进退；

　　形而上的美。

　　早知道她是笃信耶稣教的，

　　寒暄了几句话，

---

①1924 年修正三版及 1929 年四版重校"底"为"的"。
②1924 年修正三版及 1929 年四版重校"底"为"的"。

我就问她起信底^①因缘。

她说：

"我从前也是不信教的，

而且是不愿人家信教的。

后来在南京底^②一个教会学校里打'坦尼司'，

在一块很干净的板子下揭出一条蛇来，

我就大为感动了。

我想，

有这样的事么？

这么好看的外面，固也可以藏这么不好的东西在里面

么？

一个人在^③外面再弄^④得好看些，而可以存一个坏心，

和这个有什么分别呢？

我又想，

没有上帝来统率，

恐怕终给我任情走错了。

于是不管我底^⑤姊妹几个怎么样，我独于信了教了。"

"我是信而不教的，

---

①1924 年修正三版及 1929 年四版重校"底"为"的"。
②1924 年修正三版及 1929 年四版重校"底"为"的"。
③1924 年修正三版及 1929 年四版重校删除"在"。
④1924 年修正三版及 1929 年四版重校"弄"为"做"。
⑤1924 年修正三版及 1929 年四版重校"底"为"的"。

——也可以说是信的信而不教底^① 教。

我只念着对我要信，

对人要爱；

'草儿在前，

鞭儿在后。'

我正鼓起勇气在'人的'路上走着呵！

但我要信什么，

我要十分明白他；

我要不愿人家信什么，

我也要十分明白他；

我不能站在人家底^②栈外，瞎说他栈里底^③ 货底^④ 好坏。

我信耶稣；

但我还不信要上帝呢。"

我尽这么对她谈着。

听我说我也曾读过《摆布尔》的，

她就问我眼里底^⑤ 耶稣怎么样？

我说：

"第一，我看耶稣是艺术的。

---

①1924 年修正三版及 1929 年四版重校"底"为"的"。
②1924 年修正三版及 1929 年四版重校"底"为"的"。
③1924 年修正三版及 1929 年四版重校"底"为"的"。
④1924 年修正三版及 1929 年四版重校"底"为"的"。
⑤1924 年修正三版及 1929 年四版重校"底"为"的"。

你看他底^①一篇演说，

把说道的比了播种的，

把听道的比了受种的，

把得道的比了收成的，

这哪里是一篇演说？

只是一首诗罢了。

第二，我看他是实用^②的。

你看他那么不惜草鞋地^③走，

不惜口沫地^④说，

不惜钉在十字架上地^⑤做，

就是孔丘墨翟又何尝过得了他呢？

第三，我看他是人格的。

你看人家有病的捉捉他底^⑥衣衿就好了。

你看二百年底^⑦十字军。

你看两千年来这么多的信他的。

你看今后还不知道他底^⑧流风怎么样呢。

这是怎么样的感化力——人格的感化力！

---

① 1924 年修正三版及 1929 年四版重校"底"为"的"。
② 1924 年修正三版及 1929 年四版重校"实用"为"实行"。
③ 1924 年修正三版及 1929 年四版重校"地"为"的"。
④ 1924 年修正三版及 1929 年四版重校"地"为"的"。
⑤ 1924 年修正三版及 1929 年四版重校"地"为"的"。
⑥ 1924 年修正三版及 1929 年四版重校"底"为"的"。
⑦ 1924 年修正三版及 1929 年四版重校"底"为"的"。
⑧ 1924 年修正三版及 1929 年四版重校"底"为"的"。

我想艺术的和实用①的是该要我们②兼擅的。

我想要有一个人格的真和善和美。

只是羞③呵!

我虽这么说着,

这么想着,

毕竟我底④工夫还不到呵!"

她说:

"好呀!

要到这样的工夫除非信教呀!

譬如灯。"

她便手指着电灯。

"这个灯是不会熄的;

因为他是仗了一种虚灵不昧的力的,

这个力是没有尽的。

点油底⑤灯却不然,

油有尽而他就熄了。

泰山你不曾去过么?

我曾登在他底⑥顶上,

①1924年修正三版及1929年四版重校"实用"为"实行"。
②1924年修正三版及四版重校"我们"为"咱们"。
③1924年修正三版及四版重校"羞"为"愧"。
④1924年修正三版及1929年四版重校"底"为"的"。
⑤1924年修正三版及1929年四版重校"底"为"的"。
⑥1924年修正三版及1929年四版重校"底"为"的"。

俯看往来山下底 ① 浮云，

便觉得我底 ② 心高洁好像山花，

一切荣利都看在浮云里去了。

因为信教是仗了一种虚灵不昧的力的，

这种力是没有尽的。

好呀！

要到这样的工夫除非信教呀！"

"是的，

教，

我一定要明白他，

我一定要社会学地 ③ 明白他。"

我这么回答着她，

风吹得窗棂可可地 ④ 动，

茶都冷得有些噤齿了。

后来我又问了她些庐山底 ⑤ 事。

后来她又问了我些北京大学男女合校底 ⑥ 事。

后来她又许我送我的书。

---

①1924 年修正三版及 1929 年四版重校"底"为"的"。
②1924 年修正三版及 1929 年四版重校"底"为"的"。
③1924 年修正三版及 1929 年四版重校"地"为"的"。
④1924 年修正三版及 1929 年四版重校"地"为"的"。
⑤1924 年修正三版及 1929 年四版重校"底"为"的"。
⑥1924 年修正三版及 1929 年四版重校"底"为"的"。

后来我又许她介绍她和我底①朋友研究宗教学底②江绍
原通信。

后来我要走了，

她才打发一个提灯笼的送我回去了。

黑簇簇的夜；

冷飕飕的风；

断续的蛩声；

明灭的灯笼；

高耸耸的两个人影。

我一路想着"素手掬青霭，罗衣曳紫烟"底③李腾空，

一路蹒跚地④走着。

好容易从"锦特尔满"和"奶得"乃至邮差还在走底⑤
道里，上上下下的山谷里，树林影里，交叉路里，流水声里，
再回到我底⑥大观楼！

只有这艺术化的牯岭配住艺术化的她；

只有艺术化的她配住这艺术化的牯岭。

---

① 1924 年修正三版及 1929 年四版重校"底"为"的"。
② 1924 年修正三版及 1929 年四版重校"底"为"的"。
③ 1924 年修正三版及 1929 年四版重校"底"为"的"。
④ 1924 年修正三版及 1929 年四版重校"地"为"的"。
⑤ 1924 年修正三版及 1929 年四版重校"底"为"的"。
⑥ 1924 年修正三版及 1929 年四版重校"底"为"的"。

十

十日晴：

偕两叶，

束轻装，

请挑子，

裹面包，

带牛奶，

漫游去。

十一

上山！上山！

一路底^① 白泉；

一路底^② 石桥；

一路^③ 红房子；

一路绿釉釉的松；

一路朱黄的萱花；

---

①1924年修正三版及1929年四版重校"底"为"的"。

②1924年修正三版及1929年四版重校"底"为"的"。

③1924年修正三版及1929年四版重校此处添加"的"。

一路底 ① 泡桐树。

这条路正是我们昨天走过的。

泉到了源头了。

又上到我们昨天走过底 ② 宽坪了。

又看见我们昨天登过底 ③ 高峰了。

听说宽坪就是当年陈友谅底 ④ 练兵处。

听说高峰就是不知道多少年前底 ⑤ 女儿城。

听说那些仿佛有条理的大石头就是古代的壁垒。

听说这匹山不知道曾经过多少回底 ⑥ 闹热呢!

哦,山灵呀! ⑦

你大概爱闹热么?

我可不忍听这样的闹热呵!

惟愿人们永久不再看这样的闹热!

好晴呵!

半点儿云渣滓也没有。

---

①1924 年修正三版及 1929 年四版重校"底"为"的"。
②1924 年修正三版及 1929 年四版重校"底"为"的"。
③1924 年修正三版及 1929 年四版重校"底"为"的"。
④1924 年修正三版及 1929 年四版重校"底"为"的"。
⑤1924 年修正三版及 1929 年四版重校"底"为"的"。
⑥1924 年修正三版及 1929 年四版重校"底"为"的"。
⑦1924 年修正三版及 1929 年四版重校删除此句及以下三句。

又走到我们昨天来过底^① 含鄱口了。

真个鄱阳湖会梳妆！

昨天的云鬓蓬松；

今天的满头珠翠。

昨天的眉目含愁；

今天的毫发可数。

昨天的离魂倩女；

今天的新嫁娘。

鄱阳湖真个会梳妆，

三面都摆着这么长这么宽的大镜子！

十二

尖山底^② 草缝里渐渐地^③ 吐云了。

云给我们作幡^④，

我们依着含鄱岭底^⑤ 山路斜下去。

这边山，

①1924 年修正三版及 1929 年四版重校"底"为"的"。
②1924 年修正三版及 1929 年四版重校"底"为"的"。
③1924 年修正三版及 1929 年四版重校"地"为"的"。
④1924 年修正三版及四版重校"幡"为"旌"。
⑤1924 年修正三版及 1929 年四版重校"底"为"的"。

泉底^①源头又出来了。

他却只在一片乱草根子里慢响着。

泉给我们奏乐，

我们底^②脚给他作拍子。

十三

剪茅做底^③屋；

砌石做底^④壁；

钉板子做底^⑤门扉。

墙外有一架两架，两架三架底^⑥胭脂花和扁豆花。

墙下开着斗大十来窝黄葵。

衣服散晒在墙头底^⑦竹竿上。

吠生客的有狗。

避生客的有带着一群小雏底^⑧孵鸡母。

诧生客的有一^⑨个十五六岁蓝衫大银耳环眉目间饱蓄着

---

①1924年修正三版及1929年四版重校"底"为"的"。
②1924年修正三版及1929年四版重校"底"为"的"。
③1924年修正三版及1929年四版重校"底"为"的"。
④1924年修正三版及1929年四版重校"底"为"的"。
⑤1924年修正三版及1929年四版重校"底"为"的"。
⑥1924年修正三版及1929年四版重校"底"为"的"。
⑦1924年修正三版及1929年四版重校"底"为"的"。
⑧1924年修正三版及1929年四版重校"底"为"的"。
⑨1924年修正三版及1929年四版重校删除"一"。

山岳清秀气底 ① 好姑娘。

前后左右满土底 ② 马铃薯开着紫花,随风吹了些香过来。

这是尖山凹口下底 ③ 几处山家。

他们底 ④ 屋里没有主人。

我们便随便端了一 ⑤ 条长板凳来坐着。

他们底 ⑥ 男子仿佛是打樵的。

诧生客的那位好姑娘却走过山沟上去了。

石磴上跪着一 ⑦ 个蓝衫红裤的少奶奶正在那垄璁的清流里漂白线。

我尽这么想着,

假使世界上没有了强盗,

我们不该和他们一样么?

我又想着,

早晨餐黄花底 ⑧ 嫩英而晚上飡他底 ⑨ 嫩叶。

这是怎么样地舒服 ⑩ !

---

① 1924 年修正三版及 1929 年四版重校"底"为"的"。
② 1924 年修正三版及 1929 年四版重校"底"为"的"。
③ 1924 年修正三版及 1929 年四版重校"底"为"的"。
④ 1924 年修正三版及 1929 年四版重校"底"为"的"。
⑤ 1924 年修正三版及 1929 年四版重校删除"一"。
⑥ 1924 年修正三版及 1929 年四版重校"底"为"的"。
⑦ 1924 年修正三版及 1929 年四版重校删除"一"。
⑧ 1924 年修正三版及 1929 年四版重校"底"为"的"。
⑨ 1924 年修正三版及 1929 年四版重校"底"为"的"。
⑩ 1924 年修正三版及 1929 年四版重校"地舒服"为"的清快"。

最后我又想着，

我们更大家这么商量着，

不知道他们究竟还上不上田租？

十四

快晌午了，

走到五老峰底①肘下了。

远远看出毁残了的月宫院。

满路一望的筋竹儿，

我们寻着路拨开竹枝走。

远近竹林里大小的鸟儿竟唱他们底②山歌。

忽听一声惊人的"儿③尽睡起"，

我记起八九岁时兄弟姊妹们相玩底④事了！

阿爷常起得晚，

我们早起便听着"儿⑤尽睡起"底⑥鸟声，

弟弟爱用口笛去学他。

我们总怕他扰了阿爷底⑦清睡，

---

①1924 年修正三版及 1929 年四版重校"底"为"的"。
②1924 年修正三版及 1929 年四版重校"底"为"的"。
③1924 年修正三版及 1929 年四版重校"儿"为"而"。
④1924 年修正三版及 1929 年四版重校"底"为"的"。
⑤1924 年修正三版及 1929 年四版重校"儿"为"而"。
⑥1924 年修正三版及 1929 年四版重校"底"为"的"。
⑦1924 年修正三版及 1929 年四版重校"底"为"的"。

我们总劝他不要学。

阿爷呀 ① ！

如今隔了十四五年

我还能在几千里外重听 "儿 ② 尽睡起" 底 ③ 鸟声。

我们相别七八年

你竟长睡不起了！

十五

一座荒凉的古庙，

烧剩下些石梁还在庭前稳稳地 ④ 架着，

这就是月宫院。

有桃子，

有梨子，

有胡桃，

有瓜架，

有玉蜀黍，

有芭蕉，

有红莴苣菜。

---

① 1924 年修正三版及 1929 年四版重校 "呀" 为 "呵"。
② 1924 年修正三版及 1929 年四版重校 "儿" 为 "而"。
③ 1924 年修正三版及 1929 年四版重校 "底" 为 "的"。
④ 1924 年修正三版及 1929 年四版重校 "地" 为 "的"。

庙里供的观世音菩萨，

住持一个三十来岁当过兵来的和尚。

他说他曾转战几千里；

他只不愿说他当年的战事。

他眼里底 ^① 杀气已经消磨得尽了。

他把很粗很大的瓦壶各斟一碗本山土产的云雾茶给我们。

十六 ^②

走过五老峰下不上五老峰， ^③

我们不如当初就不来好了！

我们不知道从那条路上去，

竟给挑子引得要到三叠泉了。

我说：

回去！

折回去！

折回去登五老峰去！

我们便从旧路走回来；

挑子却让他等在月宫院。 ^④

---

① 1924 年修正三版及 1929 年四版重校"底"为"的"。

② 此首及以下六首发表于《少年中国》1921 年第 2 卷第 12 期，第 32—37 页。初刊本标题为《庐山纪游三十七首之七》，第二十二首诗诗末有"一九二零年七月。"。

③ 初刊本此处无标点。

④ 初刊本此处无标点。

我们心想着五老峰，[①]

脚跟着樵路走。

山溪里底[②] 大鱼也不久看了。

沿路经过底[③] 花草也不放在眼里了。

我们猛然竟把前后的道儿走迷了。

哦！我们走迷了！

我们不认得五老峰；[④]

但我们相信她[⑤] 总在这匹大山里。

我们登到这匹山底[⑥] 最高处总不能不找着她[⑦]。

我们登罢！

——但选他底[⑧] 最高处登罢！

十七

荆棘哪，蔓草哪，

---

① 初刊本此处无标点。
② 1924 年修正三版及 1929 年四版重校"底"为"的"。
③ 1924 年修正三版及 1929 年四版重校"底"为"的"。
④ 初刊本此处无标点。
⑤ 1924 年修正三版及 1929 年四版重校"她"为"他"。
⑥ 1924 年修正三版及 1929 年四版重校"底"为"的"。
⑦ 1924 年修正三版及 1929 年四版重校"她"为"他"。
⑧ 1924 年修正三版及 1929 年四版重校"底"为"的"。

漫山遍野都是，

竟令我们没有地方插足。

我们更姑息不得他们。

我们便忍心把乱杖拨倒了他们。

但我们终究有些不忍。

——我们竟不上了罢！

哦，不行！

退回去也没有归路了！

但问第一个到五老峰是怎么样去的？

他不比我们还更^①要艰难么？

我们但当作第一个到五老峰去的好了！

我们登罢！

——但选他底^②最高处登罢！

蓼麻刺了我底^③脚，

我一顾恤他，

他们已走了好远了。

竹枝又刺了我底^④手，

---

① 初刊本无"更"。

②1924年修正三版及1929年四版重校"底"为"的"。

③1924年修正三版及1929年四版重校"底"为"的"。

④1924年修正三版及1929年四版重校"底"为"的"。

我再一顾恤他，^①

他们更走了好远了。

唵！这有什么值得顾恤的？

你顾恤他，

他就不阻你底^② 前路么？

你不顾恤他，

他就真足以危及你底^③ 根本么？

走哟！

进哟！

你所要底^④ 五老峰马上就要到手了！

十八

好，杖也拨软了；

靴子也踏懒了。

路更错了；

人更饿了。

坐在一个磐石上且休息。

---

① 初刊本此处标点为"。"。

②1924 年修正三版及 1929 年四版重校"底"为"的"。

③1924 年修正三版及 1929 年四版重校"底"为"的"。

④1924 年修正三版及 1929 年四版重校"底"为"的"。

牛奶以酱面包；

淫泉以冲牛奶；

白玉簪花底 ① 梗以搅淫泉。

举晶莹的杯以邀五老，②

并问他们承露盘里底 ③ 东西究竟比这个何如？

十九

逆泉流而上；

踩石磴而上；

攀葛藤而上；

左左右右选角度稍钝之处而上。

手脚全创了；

衣服全脏了；

好容易爬到山上了。

花了两三点钟底 ④ 工夫毕竟爬到山上了。

（爱情是痛苦换来的。）⑤

---

① 1924 年修正三版及 1929 年四版重校"底"为"的"。

② 初刊本此处无标点。

③ 1924 年修正三版及 1929 年四版重校"底"为"的"。

④ 1924 年修正三版及 1929 年四版重校"底"为"的"。

⑤ 1924 年修正三版及 1929 年四版删除此句。

二十

山腰是紫玉簪花杂着白玉簪花。

山顶却全是朱黄的萱花。

远近有几根老而不长的小松树，

山石这么大一块一块地^①，亘着全山底^②脉络欹枕矗立着。

山外撑着万丈悬崖直令我们不敢俯视他。

夹谷里大小长短的说话声空然和答着：

"哦，山灵呵！"

"哦，山灵呵！"

"哦，莽斯特儿！"

"哦，莽斯特儿！"

"哦，你可以和我做朋友么？"

"哦，你可以和我做朋友么？"

"哦，你要小心！

你底^③ 地位很高了，

恐防跌下去！"

"哦，你要小心！

---

① 1924年修正三版及1929年四版重校"地"为"的"。
② 1924年修正三版及1929年四版重校"底"为"的"。
③ 1924年修正三版及1929年四版重校"底"为"的"。

你底① 地位很高了，

恐防跌下去！"

"…………"

哦，云来了。

他从石缝里吹了出来了。

他从草根里吹了出来了。

他把我们绕着了。

他袭进我们底② 单衣里挨来丝丝的凉气。

我嗅嗅他没有味儿。

我轻轻地③ 捧了两掬餐在我底④ 热肚里。

我又吐了出去摩荡他。

我想把他收做无尽藏的棉絮，散给世界上无衣的。

哦，他又从夹谷里腾了上来了。

近山都腾满了。

我们相隔五六尺都不能相见了。

哦，云呀！云呀！⑤

请你腾我上天，

①1924 年修正三版及 1929 年四版重校"底"为"的"。

②1924 年修正三版及 1929 年四版重校"底"为"的"。

③1924 年修正三版及 1929 年四版重校"地"为"的"。

④1924 年修正三版及 1929 年四版重校"底"为"的"。

⑤ 初刊本、1924 年修正三版及 1929 年四版重校两个"呀"均为"呵"。

我不愿再回去!

二十一

哦，好骇人呵!

我们登到五老峰底^①极顶了!

阴风忽忽地^②飘着。

满耳隔山瀑布声不住雷也似地^③吼着。

从崖边跌下去一定会落到好几十里!

崖间开着一大树朱红的颗粒花，说不上什么名儿。

崖下拳大的几所大院子，周围都绕着竹子。

菜园里一个针孔^④大的白褂蓝裤的做庄稼的在那里摘青菜。

远近几条白亮亮的山溪蜿蜒着流入云里。

昨天所见右边一垠长洲，仿佛马鬣封似的，真青得不能再青了的，不要就是南康么?

但他底^⑤背上又涂着几点南昌道上底^⑥猪血泥。

鄱阳湖底^⑦一只角却隐约现在长洲外。

---

①1924 年修正三版及 1929 年四版重校"底"为"的"。

②1924 年修正三版及 1929 年四版重校"地"为"的"。

③1924 年修正三版及 1929 年四版重校"地"为"的"。

④1924 年修正三版及 1929 年四版重校"孔"为"鼻"。

⑤1924 年修正三版及 1929 年四版重校"底"为"的"。

⑥1924 年修正三版及 1929 年四版重校"底"为"的"。

⑦1924 年修正三版及 1929 年四版重校"底"为"的"。

可惜四围底^①远处都给云迷了。

哦，云开了。

山下万里的大太阳。

鄱阳湖七百里底^②全景尽在我们底^③眼底。

湖里黄白黄白的水——往来的帆船都数得清。

平原上乱着起伏的丘陵。

远望无极的扬子江直像风袅袅地^④拖着一条长银带。

西望见武汉，

东望见九江。

城郭如豆的是南康一带底^⑤州县。

北望黄云弥漫的竟仿佛是蒙古底^⑥沙漠。

湖上有两团伞盖似的厚黑云，

大概沿湖底^⑦州县要下骤雨了。

哦，只请我们自己不要早死了！

——我们还能重来么？

哦，云又来了。

---

①1924年修正三版及1929年四版重校"底"为"的"。
②1924年修正三版及1929年四版重校"底"为"的"。
③1924年修正三版及1929年四版重校"底"为"的"。
④1924年修正三版及1929年四版重校"地"为"的"。
⑤1924年修正三版及1929年四版重校"底"为"的"。
⑥1924年修正三版及1929年四版重校"底"为"的"。
⑦1924年修正三版及1929年四版重校"底"为"的"。

他一抹便把所有的东西都封了。

要下雨了。

我们赶快回去罢。——

我底 ① 日葵！ ②

我底 ③ 寿椿！ ④

可惜你们不来呵！

二十二

好雨好雨！

浑身的衣服都湿透了。⑤

靴子踩在湿草上咭咕咭咕地 ⑥。

远近的山鸟都笑我们说：

"泥滑滑！

泥滑滑！

行不得也哥哥！"

但我们已经陷在《背水阵》里了！

我们 ⑦ 赶快下去罢。

---

①1924 年修正三版及 1929 年四版重校"底"为"的"。

② 初刊本此处无标点。

③1924 年修正三版及 1929 年四版重校"底"为"的"。

④ 初刊本此处无标点。

⑤ 初刊本此处标点为","。

⑥1924 年修正三版及 1929 年四版重校"地"为"的"。

⑦1924 年修正三版及 1929 年四版重校删除"我们"。

我们逐着泉流下去。①

我们踩着石磴下去。②

我们攀着葛藤下去。③

我们更从没有路的山坎上跳下去。

我们不在月宫院里换衣服，

要用脉管里底④热血一线一线地⑤把他们烘干！

二十三

震动五老峰底⑥瀑布声才出在这里呵！

走了七八里底⑦雨路却到了团山涧底⑧土梁上了。

三叠泉仿佛挂着三铺白珠帘似的，

活活地⑨只在东边的山腰里乱吼。

西边凹凹凸凸的九叠屏着上了雨装，

直像孔雀张开了翠翎子。

---

①1924 年修正三版及 1929 年四版重校"。"为"；"
②1924 年修正三版及 1929 年四版重校"。"为"；"，且删除"我们"。
③1924 年修正三版及 1929 年四版重校"。"为"；"，且删除"我们"。
④1924 年修正三版及 1929 年四版重校"底"为"的"。
⑤1924 年修正三版及 1929 年四版重校"地"为"的"。
⑥1924 年修正三版及 1929 年四版重校"底"为"的"。
⑦1924 年修正三版及 1929 年四版重校"底"为"的"。
⑧1924 年修正三版及 1929 年四版重校"底"为"的"。
⑨1924 年修正三版及 1929 年四版重校"活活地"为"活活活的"。

两匹山从一条很深的夹沟里用团山涧底 ① 土梁连起来；

土梁仄得竟像一条线。

——世界上也有这样的奇景么？

走过团山涧便是东方寺。

一个带发修行的斋婆开了门来接着我们。

她穿着和尚领的衣，

下襟都破成扫帚了。

我竟暴认她做日本人。

我们到一家小店里去喝烧酒，

吃干鱼，

回头再来用她给我们炊底 ② 红米饭。

二十四

万丈崖不知道量来有多少丈？

崖边可以再看三叠泉。

但他最低最长的一叠却给崖嘴遮住了。

满山的子松。

我们尽攀着子松痴看三叠泉底 ③ 上两叠。

---

① 1924 年修正三版及 1929 年四版重校"底"为"的"。

② 1924 年修正三版及 1929 年四版重校"底"为"的"。

③ 1924 年修正三版及 1929 年四版重校"底"为"的"。

满山的子松。

子松上长着青的，赤的，累累的松子。

摘他一大把回去，寄他心念着我的：

她寄一颗；

他寄一颗；

他和她和他都各寄一颗。

满山的子松。

我们尽攀着子松痴看三叠泉底^①上两叠。

挑子却忙脚忙手地^②走着：

"快走哟！

快走哟！

天晚了！

山猫就要出来了！

天晚了！"

他口里更不住地^③这么念着。

二十五

天真要晚了。

---

①1924 年修正三版及 1929 年四版重校"底"为"的"。
②1924 年修正三版及 1929 年四版重校"地"为"的"。
③1924 年修正三版及 1929 年四版重校"地"为"的"。

夕阳拼命把她底 ① 胭脂色来媚人。

湖光也红了。

云影也红了。

猪血泥的土更红了。

白衣白帽以至于人面都红了。

子松上底 ② 翠却更翠得可爱。

哦，你浓艳的胭脂色，

中央公园里底 ③ 胭脂色，

我直要和你亲嘴底胭脂色， ④

不想你又寻我到这里来了！

天真已晚了。

我们恰走到平地了。

再去五里就是土桥街了。

满天的星星乱着往来的萤火。

稻田和四围底 ⑤ 山色都黑成一片。

我们走过一座白石桥，

蛙哪，流水哪，

秧鸡哪，草虫哪，

①1924 年修正三版及 1929 年四版重校"拼命把她底"为"着意把他的"。
②1924 年修正三版及 1929 年四版重校"底"为"的"。
③1924 年修正三版及 1929 年四版重校"底"为"的"。
④1924 年修正三版及 1929 年四版重校删除此句。
⑤1924 年修正三版及 1929 年四版重校"底"为"的"。

都在黑成一片的稻田和四围底[1]山色里啁啾，
好像一群瞎子在奏乐。

二十六

一口气走到土桥街，
街上底[2]老小都来看我们。
我们宿在一家没有招牌的饭铺里。
我们全知道[3]他们底[4]话；
但他们竟说他们不全知道[5]我们底[6]话。

老老板娘少老板娘都很贤惠的。
他们给我们温汤；
给我们炊饭；
给我们煮豆腐；
让了他们自己有帐子底[7]床来给我们歇[8]。
我看他们手上生满了蚊疮，

①1924年修正三版及1929年四版重校“底”为“的”。
②1924年修正三版及1929年四版重校“底”为“的”。
③1924年修正三版及1929年四版重校“知道”为“懂得”。
④1924年修正三版及1929年四版重校“底”为“的”。
⑤1924年修正三版及1929年四版重校“知道”为“懂得”。
⑥1924年修正三版及1929年四版重校“底”为“的”。
⑦1924年修正三版及1929年四版重校“底”为“的”。
⑧1924年修正三版及1929年四版重校“歇”为“宿”。

知道他们底^①帐子有破孔。

却是最难得的是少老板娘胸前两个圆满的大奶。

她真是幸福呵！

她竟毫没有染着都市气！

哦，祝福你少老板娘！

祝福你康健！

祝福你养两个又白又胖^②的小孩子^③！

二十七

十一日晴。

脱靴子；

换草鞋；

再上山；

蝉声泉声又远远地^④来迎我们了。

二十八

三里走到海会寺，

---

①1924 年修正三版及 1929 年四版重校"底"为"的"。
②1924 年修正三版及 1929 年四版重校"又白又胖"为"又红又黑又胖"。
③1924 年修正三版及 1929 年四版重校"小孩子"为"好孩子"。
④1924 年修正三版及 1929 年四版重校"地"为"的"。

是一座领有崇山峻岭茂林修竹底 ① 古庙。

有几个和尚在念经；

有几个和尚在种菜；

有几个和尚出来接着客。

有白莲花。

有红绣球花。

有三层楼上底 ② 鄱阳湖。

有清净。

有唐朝传下来底 ③ 老契纸。

有特别使我感动底 ④ 字画。

我约智明方丈要寄两幅西洋画送他。

他把普超上人血书《华严经》给我们看，

我给他糊里糊涂地 ⑤ 题了些东西。

我约他三十年后再到这里来。

二十九

白云在天上往来。

---

① 1924 年修正三版及 1929 年四版重校"底"为"的"。

② 1924 年修正三版及 1929 年四版重校"底"为"的"。

③ 1924 年修正三版及 1929 年四版重校"底"为"的"。

④ 1924 年修正三版及 1929 年四版重校"底"为"的"。

⑤ 1924 年修正三版及 1929 年四版重校"地"为"的"。

太阳毫不假借地^① 晒着。

两岸直而且高的松树夹着。

鸟声和蝉声竞奏，仿佛听出当年的弦歌声。

溪水潺潺地^② 回流，清亮得令人直想跳下去，

我几番直想跳下去！^③

远远万绿丛中衬出一道红墙壁，

我们知道白鹿洞就在眼前了。

可怜的清流呵！

我真舍不得你！^④

我们不忍直进白鹿书院去。

我们且过独对亭；

且在石桥栏干上坐着看水；

且抛石子闲打桥下黄荆丛里底^⑤ 百合花；

且从枕流边跳下溪里去洗澡。

我们越洗澡越乐了；

我们越洗澡越懒了；

我们越洗澡越不忍起来了。

---

① 1924 年修正三版及 1929 年四版重校"地"为"的"。
② 1924 年修正三版及 1929 年四版重校"地"为"的"。
③ 1924 年修正三版及 1929 年四版重校删除此句。
④ 1924 年修正三版及 1929 年四版重校此句为"我们如何舍得你！"。
⑤ 1924 年修正三版及 1929 年四版重校"底"为"的"。

煮蛋以为肴；

清流以为酒；

石闸底 ① 高潭以为杯。

我们举顶至踵地 ② 全投在酒杯里。

我们醉了便在枕流底 ③ 斜石上睡着。

我们越洗澡越乐了；

我们越洗澡越懒了；

我们越洗澡越不忍起来了。

我们越洗澡越乐了；

我们越洗澡越懒了；

我们越洗澡越不忍起来了。

我在枕流底 ④ 斜石上睡着。

我想曾点毕竟算狂得爱人，他独志在浴乎沂，风乎舞雩，咏而归。

我想仲尼毕竟也算是内行 ⑤，只不知道他游舞雩也曾在那里尝试过没有？

我想考亭应该至少总在我 ⑥ 这里洗澡过的。

---

①1924 年修正三版及 1929 年四版重校"底"为"的"。
②1924 年修正三版及 1929 年四版重校"地"为"的"。
③1924 年修正三版及 1929 年四版重校"底"为"的"。
④1924 年修正三版及 1929 年四版重校"底"为"的"。
⑤1924 年修正三版及 1929 年四版重校"内行"为"解人"。
⑥1924 年修正三版及 1929 年四版重校删除"我"。

我们越洗澡越乐了；

我们越洗澡越懒了；

我们越洗澡越不忍起来了。

右岸山坎上还托着一座奎星阁，

我们已没有心还上去看他。

白鹿书院已成了江西农业专门学校白鹿洞演习林事务所，

是一所经过兵扰荒凉的大院子。

院后剩着白鹿洞，

是一个立方一丈多的小石洞

圆顶以象天；

方趾以象地；

规模粗具的一个石鹿却立在洞里。

院里剩着玉蟾真人草书《白鹿洞歌》底[①]石刻。

正殿里剩着石刻吴道子画仲尼底[②]遗像。

三十

十五里走到南康。

城是圮了的；

街是朽了的；

街房上底 ① 瓦多半都是破碎得不忍看了的。

家里底 ② 狗逐出门来吠生客。

老鹰扑下街边底 ③ 案上来攫肉吃，就是小孩子也得要戒严他。

妇人正作上海十年以前底 ④ 时髦。

街上底 ⑤ 老小都带着一种惊诧的神光来打量我们。

鄱阳湖底 ⑥ 水从小西门浸进城里来，

牧牛的便骑在牛背上赶着许多的牛在水里来往。

通城没有照像的。

通城没有有蚊帐底 ⑦ 客栈。

三十一

钱家湖里荡舟。

山影连锁似地 ⑧ 环绕在湖面。

暝色带来些模糊涂在黛晕上。

鲤鱼斑的红云映在湖面织成丝丝的鲛绡纹。

---

①1924 年修正三版及 1929 年四版重校 "底" 为 "的"。
②1924 年修正三版及 1929 年四版重校 "底" 为 "的"。
③1924 年修正三版及 1929 年四版重校 "底" 为 "的"。
④1924 年修正三版及 1929 年四版重校 "底" 为 "的"。
⑤1924 年修正三版及 1929 年四版重校 "底" 为 "的"。
⑥1924 年修正三版及 1929 年四版重校 "底" 为 "的"。
⑦1924 年修正三版及 1929 年四版重校 "底" 为 "的"。
⑧1924 年修正三版及 1929 年四版重校 "地" 为 "的"。

波纹由红而橙黄了，

由橙黄而绿了，

由绿而油碧了，

由油碧而蓝了，

由蓝而黑了。

天守着晚了。

乘晚攀登落星岛，

有横直十来丈底①荒地，

有黄荆花，

有铁芭茅花，

有茸茸阻人底②瘦草。

回望南康沿湖底③渔火衬着城里几点明暗的灯光。

满天的星子照着桨声送我们回去。

三十二

我觉得修到中国底④山水真幸福！

他们底⑤主人竟肯这么样放任他们！

有这么多的寺院竟没有设学校。

---

① 1924 年修正三版及 1929 年四版重校"底"为"的"。
② 1924 年修正三版及 1929 年四版重校"底"为"的"。
③ 1924 年修正三版及 1929 年四版重校"底"为"的"。
④ 1924 年修正三版及 1929 年四版重校"底"为"的"。
⑤ 1924 年修正三版及 1929 年四版重校"底"为"的"。

有这么大的瀑布竟没有安发电机。

有这么富的矿产竟没有人开采。

有这么远这么高的重岚叠翠竟没有培植过森林。

他们底^① 主人竟肯这么样不骚扰他们！

三十三

只怕不能趁路回九江，

我们恰等到天亮就起来了。

我们要到马回岭去赶上火车。

出西门，

渡西湖，

过西观，

越樟恕桥，

趁一帆风顺罢了。

哦，前天我们亲自摩过底^② 五老峰，不正插在右山底^③
云里么？

---

①1924 年修正三版及 1929 年四版重校"底"为"的"。
②1924 年修正三版及 1929 年四版重校"底"为"的"。
③1924 年修正三版及 1929 年四版重校"底"为"的"。

左山巍巍然矗立，直插天外，白云锁着他底① 峰顶，不就是汉阳峰么？

汉阳峰底② 右肘下，两个尖峰并立着，不就是双剑峰么？

再其下青翠欲滴，圆润如馒头的，不就是秀峰么？

马尾泉懒懒地③ 白着。

瀑布泉却怒掀掀地④ 从秀峰底⑤ 万丈悬崖上撞下来，仿佛在十几里外底⑥ 湖里都听着涛吼。

秀峰寺夹在两条瀑布底⑦ 中间，隐隐现出一丛黄绿黄绿的竹子。

竹林上面山腰里，从葱蒨里冒出两道炊烟，仿佛又是一所大古刹，不就是黄岩寺么？

白云一缕一缕地⑧ 在半山上袅出横线。

哦！好艳丽的朝阳，好苍翠的山，好绿的水呵！

三十四

曾经华严泷难为瀑布，

---

①1924 年修正三版及 1929 年四版重校"底"为"的"。
②1924 年修正三版及 1929 年四版重校"底"为"的"。
③1924 年修正三版及 1929 年四版重校"地"为"的"。
④1924 年修正三版及 1929 年四版重校"地"为"的"。
⑤1924 年修正三版及 1929 年四版重校"底"为"的"。
⑥1924 年修正三版及 1929 年四版重校"底"为"的"。
⑦1924 年修正三版及 1929 年四版重校"底"为"的"。
⑧1924 年修正三版及 1929 年四版重校"地"为"的"。

今年五月里我游日光已经写过了。

我是这么样写的：

"雪那样地^①白；

雨那样地^②溅；

银河那样地^③泻；

雾那样地^④飞腾；

云烟那样地^⑤缥缈；

海破天崩那样地^⑥骇人；

大铁槌打在地上那样地^⑦震动。

疑是中禅寺湖底^⑧神龙贪爱阳山上底^⑨樱花吐出了白涎！

疑是威娜司为了天下有情人抛出一条长带子！"

曾经华严泷难为瀑布，

今年五月里我游日光已经写过了。

我是这么样写的。

我们走到秀峰寺远看瀑布泉。

我们更走到龙潭去饮他。

---

①1924 年修正三版及 1929 年四版重校"地"为"的"。
②1924 年修正三版及 1929 年四版重校"地"为"的"。
③1924 年修正三版及 1929 年四版重校"地"为"的"。
④1924 年修正三版及 1929 年四版重校"地"为"的"。
⑤1924 年修正三版及 1929 年四版重校"地"为"的"。
⑥1924 年修正三版及 1929 年四版重校"地"为"的"。
⑦1924 年修正三版及 1929 年四版重校"地"为"的"。
⑧1924 年修正三版及 1929 年四版重校"底"为"的"。
⑨1924 年修正三版及 1929 年四版重校"底"为"的"。

她^①隔我们还有六七里，

但我们没有工夫再逼拢去了。

我也没有笔力把她比写华严泷更写得好那么写出来。

但是——

看哟！

鄱阳湖七百里底^②全景尽当在她底^③眼底，

这是怎么样地^④宏丽！

泉从崖腹上泻下来，

这是怎么样地^⑤奇横！

香炉峰上底^⑥铁塔紧对着泉口，仿佛一脚可以跨过去

似的，

这又是怎么样地^⑦警策！

哈哈！李白看她^⑧做一幅画，

我却要读她^⑨做一篇八股文了！

但是——

我不知道山上也有一块湖没有？

---

①1924年修正三版及1929年四版重校"她"为"他"。
②1924年修正三版及1929年四版重校"底"为"的"。
③1924年修正三版及1929年四版重校"底"为"的"。
④1924年修正三版及1929年四版重校"地"为"的"。
⑤1924年修正三版及1929年四版重校"地"为"的"。
⑥1924年修正三版及1929年四版重校"底"为"的"。
⑦1924年修正三版及1929年四版重校"地"为"的"。
⑧1924年修正三版及1929年四版重校"她"为"他"。
⑨1924年修正三版及1929年四版重校"她"为"他"。

三十五

我们绕着庐山底 [1] 脚向东去。

我们尽跟白色的道儿走着。

我们尽餐庐山底 [2] 秀色。

但她 [3] 似乎已给大太阳晒萎了。

我们觉得她 [4] 不似早晨的媚了。

我们更觉得她 [5] 渴得要死了。

走过万顷底 [6] 稻田,

热风腾腾地 [7] 烘着。

右边一所围墙绕着底 [8] 大古庙,

峰上承着一座插入云里底 [9] 铁塔,

听说这里是归宗。

忽然田角里扇出一股黄荆风,

饱渗着水荆芥的茶味儿,

我们顿觉得庐山又张开笑靥了。

---

①1924年修正三版及1929年四版重校"底"为"的"。
②1924年修正三版及1929年四版重校"底"为"的"。
③1924年修正三版及1929年四版重校"她"为"他"。
④1924年修正三版及1929年四版重校"她"为"他"。
⑤1924年修正三版及1929年四版重校"她"为"他"。
⑥1924年修正三版及1929年四版重校"底"为"的"。
⑦1924年修正三版及1929年四版重校"地"为"的"。
⑧1924年修正三版及1929年四版重校"底"为"的"。
⑨1924年修正三版及1929年四版重校"底"为"的"。

三十六

十里走到隘口山。

走了五里还有二十里；

走了十里还有十六里；

走了十五里还有十二里；

走了二十里还有八里；

这二十里真长呵！

越陌又度阡，

沿岭又翻山，

远远还望不见马回岭。

一条宽溪拦住了。

没有桥；

没有溜子；

也没有跳磴子。

我们只得脱下靴子，

扎上裤子，

赤着脚涉过去。

这么好的路呵！

春秋时代底 ^① 好路呵！

我想写他出来只怕没有人来了；

我想不写他出来又怕他竟自不修了。

（别的路也何尝不是这么的？）

真教我底 ^② 笔左右为难呵！

三十七

我底 ^③ 庐山呀 ^④！

多谢你底 ^⑤ 好风景！

请你放心，

我已赶上马回岭底 ^⑥ 火车搭回九江了。

我又到外湖里来看你来了。

你可能撑下你底 ^⑦ 臂到烟水亭边来和我握握手？

缥缈的庐山只不答应我。

---

① 1924 年修正三版及 1929 年四版重校 "底" 为 "的"。
② 1924 年修正三版及 1929 年四版重校 "底" 为 "的"。
③ 1924 年修正三版及 1929 年四版重校 "底" 为 "的"。
④ 1924 年修正三版及 1929 年四版重校 "呀" 为 "呵"。
⑤ 1924 年修正三版及 1929 年四版重校 "底" 为 "的"。
⑥ 1924 年修正三版及 1929 年四版重校 "底" 为 "的"。
⑦ 1924 年修正三版及 1929 年四版重校 "底" 为 "的"。

白云淡淡地①扫着。

缥缈的庐山，真难看出她底②真面目呵！

白云渐渐地③浓了。

我真惭愧，

我竟还认不真她④。

白云呀⑤！

吐你出来的是五老峰么？

秀峰么？

牯牛岭邪？

一闪便成了金世界了！

西望金红的一长片正闪着金光，

上面包着蓝黑的云，

再散开浅蓝的云，

再散开弥望淡绿的天。

湖波也起起落落地⑥闪着颗颗零零碎碎的金光。

回望庐山，只现着一颗峰头了。

---

① 1924 年修正三版及 1929 年四版重校"地"为"的"。
② 1924 年修正三版及 1929 年四版重校"她底"为"他的"。
③ 1924 年修正三版及 1929 年四版重校"地"为"的"。
④ 1924 年修正三版及 1929 年四版重校"她"为"他"。
⑤ 1924 年修正三版及 1929 年四版重校"呀"为"呵"。
⑥ 1924 年修正三版及 1929 年四版重校"地"为"的"。

她^①已臃臃肿肿地^②着上了紫金袍了。

世界上所有的东西都笼上了紫金色。

（七月八日至十二日）

---

①1924 年修正三版及 1929 年四版重校"她"为"他"。

②1924 年修正三版及 1929 年四版重校"地"为"的"。

斗虎五解 ①

一

谁能剪虎底 ② 爪，取他们底 ③ 牙？④

不能，就莫如听 ⑤ 他们自斗。

二

我们 ⑥ 真不能剪他们底 ⑦ 爪，取他们底 ⑧ 牙么？

不要因为我们只是 ⑨ 徒手呵！

赶紧修好我们 ⑩ 底 ⑪ 枪，

装上我们 ⑫ 底 ⑬ 弹。

---

① 此诗发表于《新青年》1920 年第 8 卷第 1 期，第 45—46 页。

② 1924 年修正三版及 1929 年四版重校"底"为"的"。

③ 1924 年修正三版及 1929 年四版重校"底"为"的"。

④ 初刊本"取他们底牙？"为"能取他底牙？"。

⑤ 初刊本"听"为"央"。

⑥ 初刊本"我们"为"你"。

⑦ 1924 年修正三版及 1929 年四版重校"底"为"的"。

⑧ 1924 年修正三版及 1929 年四版重校"底"为"的"。

⑨ 初刊本"我们只是"为"你是"。

⑩ 初刊本"我们"为"你"。

⑪ 1924 年修正三版及 1929 年四版重校"底"为"的"。

⑫ 初刊本"我们"为"你"。

⑬ 1924 年修正三版及 1929 年四版重校"底"为"的"。

他们斗得要斗死了，①

斗得要斗伤了，

——至少也要两个都倦了。

不然，他们又要斗饿了！②

三

我们不要惜他们，③

所以我们④不要劝他们；

因为他们在一天总是要噬我们⑤的。

我们不要恃他们，⑥

所以我们不要⑦助他们；

因为他们在一天总是要噬我们的。⑧

四

斗虎虽不免要糟蹋我们底⑨粮食，

---

① 初刊本此处无标点。
② 初刊本此句为"你一枪就把他们结果了！"。
③ 初刊本此句为"你不要爱他们，"。
④ 初刊本"我们"为"你"。
⑤ 初刊本"要噬我们"为"要想噬你"。
⑥ 初刊本此句为"你不要怕他们，"。
⑦ 初刊本"我们不要"为"你也不要"。
⑧ 初刊本此句为"因为你助他那个斗胜了，他还是要噬你的。"。
⑨ 1924年修正三版及1929年四版重校"底"为"的"；初刊本"我们底"为"你些"。

但没有 ① 了他们，我们 ② 就永远幸福了。

五

斗呀！虎呀！斗呀！ ③

斗而死诚不若斗而生；

不斗而生又不若斗而死！

（七月十三日，九江）④

① 初刊本"没有"为"结果"。

② 初刊本"我们"为"你"。

③ 初刊本、1924 年修正三版及 1929 年四版重校三个"呀"均为"呵"。

④ 初刊本写作时间为"一九二零，七，一三，于九江"。

孔丘底逃亡[①]

盗跖致来觉书给孔丘说：

"来，来！

愿你入伙！

我们有金灿灿的衣；

我们有香蓬蓬的饭；

我们有住不完的高楼大厦；

我们有喧赫的光荣，

甚至于有千秋万世的光荣。

我们诚意地欢迎你。

你要什么我们都给你。

而且我们给你预备了顶华美的宝座。

来，来！

愿你入伙！"

孔丘也十分感谢他们底诚意。

但他只得答谢他们说：

"谢谢你们！

①1924年修正三版及1929年四版重校删除此诗。

这些东西我都用不着。

要是当真爱我，

何不你们自己出你们底伙？"

他们又致来哀的美敦书给他说：

"来，来！

你必得入伙！

我们不能随便放松你。

你不能不受我们底抬举。

你必得入伙！

不然你便自杀！

不然我们便只有最后的手段对付你！

来，来！

你必得入伙！"

他决不入伙。

他又不能无诚意地入伙。

他决不自杀。

他也不能螳臂当车地和他们宣战。

他只有痛哭。

他只得抱了上帝底木主逃亡去了。

（七月十五日，九江）

律己九铭

一

天地不是你底 ① 父母；

包罗天地的才是你底 ② 副象。

二

如厕是早起后第一件大事；

劳动是日间第一件大事；

少用心是晚上第一件大事，

打拳，看星子，是临睡前第一件大事。

三

除了清风明月，

---

① 1924 年修正三版及 1929 年四版重校 "底" 为 "的"。

② 1924 年修正三版及 1929 年四版重校 "底" 为 "的"。

没有一样 ① 可以是你的。

四

我要做就是对的；

凡经我做过的都是对的。

随做我底 ② 对的；

随丢我底 ③ 对的。

五

不要背我以饫天下后世；

不要工具天下后世以奉我。

六

同乎你的是最可爱的；

不同乎你的是最可怜的。

忠你最可爱的；

恕你最可怜的。

---

① 1924 年修正三版及 1929 年四版重校"一样"为"一件"。

② 1924 年修正三版及 1929 年四版重校"底"为"的"。

③ 1924 年修正三版及 1929 年四版重校"底"为"的"。

七

有孺子歌曰：

"沧浪之水清兮，

可以濯我缨；

沧浪之水浊兮，

可以濯我足！"

缨和足都是我们 ^① 要濯的。

八

每到吃饭底 ^② 时候，

想想你这顿饭吃不吃得值得？

每到睡觉底 ^③ 时候，

想想你今天底 ^④ 事做完了没有？

九

石门晨门说：

---

①1924年修正三版及1929年四版重校"我们"为"咱们"。

②1924年修正三版及1929年四版重校"底"为"的"。

③1924年修正三版及1929年四版重校"底"为"的"。

④1924年修正三版及1929年四版重校"底"为"的"。

"是知其不可而为之者与？"

孔丘① 说：

"其为人也，

发愤忘食，

乐以忘忧，

不知老之将至云尔。"

（八月，西湖）

---

①1929年四版重校"孔丘"为"仲尼"。

吊敌秋 ①

"敌秋死了！"

忽从邮片上读来这么四个字。

但我并不吃惊，敌秋；

我早知道你要死了！

我在松社里和你第一次握手，

我握着你底手是这么滑腻的，

我看你底颜色这么白，这么红，

我觉得你底眼里这么多情，

我顿时深为吃惊。

我早知道你要死了！

和你一样的气质和我握手底朋友

经我预言他要死的

加上你五个了。

当日你独匆匆地先去，

---

① 1924 年修正三版及 1929 年四版重校删除此诗。

（卅日踏青会里便先折了你一个！）

你和我相别第二次握手，

我顿时更为吃惊。

我早知道你要死了！

"敌秋死了！"

我早知道你要死了！

听说你为悼亡你底夫人而死的。

敌秋，中国社会也太冷酷了，

独你不恤作殉情底牺牲，

我相信你没有死！

——你和你底夫人都没有死！

（八月，西湖）

西湖杂诗十九首 ①

一

月下送来隔船底 ② 箫声，
去年底 ③ 西湖还认得我。
我只当回家一样。

二 ④

俞家底阿毛是很好玩儿的。
我常拉着她底手说：
"毛妹妹，乖不乖？
我教你唱一个《上学》底歌儿好不好？"
她也爱拿手挨挨我底脸儿。

---

① 1924 年修正三版及 1929 年四版重校删除此诗其中三首，分别是第二首、第六首和第七首；标题改为《西湖杂诗十六首》。
② 1924 年修正三版及 1929 年四版重校"底"为"的"。
③ 1924 年修正三版及 1929 年四版重校"底"为"的"。
④ 1924 年修正三版及 1929 年四版重校删除此诗。

三

德熙 ① 也 ② 爱俞家底 ③ 阿毛。

一天我又 ④ 拉着她底 ⑤ 手说：

"毛妹妹，

你爱德熙些么？

你爱我些？"

从她嫩牙齿的口里答出来的是：⑥

"我一样地 ⑦ 爱你们！"

四

越热越要跑得快；

越跑得快越要热；

越热越要跑得快。

从灵隐一口气跑上北高峰，

热都腾上顶门了。

---

①1924 年修正三版及 1929 年四版重校"德熙"为"大家"。
②1924 年修正三版及 1929 年四版重校"也"为"都"。
③1924 年修正三版及 1929 年四版重校"底"为"的"。
④1924 年修正三版及 1929 年四版重校删除"又"。
⑤1924 年修正三版及 1929 年四版重校"底"为"的"。
⑥1924 年修正三版及 1929 年四版重校此句为"她说："。
⑦1924 年修正三版及 1929 年四版重校"地"为"的"。

回头忽见白亮亮的钱塘江，

城郭湖山尽在我们底 ① 眼底，

我不知道要怎么样写他，

我只有说不出的愉快，

——血汗换来底 ② 愉快！

五

明天我们不要再爬山了。

因为山花都插满我们底 ③ 头上了，

只怕要爱鲜的，又不忍弃痿了的他们。

六 ④

蓝二太太很疼她底女儿；

她底女儿却不那么疼她。

但她还是很疼她底女儿。

她疼不着她底女儿竟来疼我们，

竟把她给她买底话匣子都拿来送给我们了。

---

①1924 年修正三版及 1929 年四版重校"底"为"的"。
②1924 年修正三版及 1929 年四版重校"底"为"的"。
③1924 年修正三版及 1929 年四版重校"底"为"的"。
④1924 年修正三版及 1929 年四版重校删除此诗。

我们倒不寂寞了，

只是寂寞了蓝二太太。

哦，祝福你蓝二太太！

我们倒是很疼你的，

只愿你底女儿再自己去疼她底女儿！

七 ①

我们刚送德熙出俞庄，

泪从一道红光里就闪到他底眼里来了。

我心里想着说：

"德熙，不要罢！

我还要到南京来看看你才出国呢！"

但我始终不曾说出口来。

八

莲子说：

"都觉得我底 ② 肉甜，

谁尝到我底 ③ 心苦呵！"

---

① 1924 年修正三版及 1929 年四版重校删除此诗。
② 1924 年修正三版及 1929 年四版重校"底"为"的"。
③ 1924 年修正三版及 1929 年四版重校"底"为"的"。

九

莲子呵！

我尝到你底^①心苦的。

但我要你解解我底^②热，

我^③只得把你囫囵吞下去。

十^④

凡经我做过的都是对的。

十一

中元节底^⑤前一晚上，

烧香的便忙着赶上上天竺。

满湖的浮灯；

满夜的箫鼓。

---

①1924年修正三版及1929年四版重校"底"为"的"。
②1924年修正三版及1929年四版重校"底"为"的"。
③1924年修正三版及1929年四版重校删除"我"。
④此诗与1924年修正三版及1929年四版重校相同。
⑤1924年修正三版及1929年四版重校"底"为"的"。

西湖公园里正好捉迷藏，①

只是俞老太太走不赢。

十二

雷峰上底②狗吠生客，

我用手去摸摸他底③牙，

他倒把舌来舐我。

润斯笑我说：

"狗都亲热你！"

我说：

"我都亲热他呢，

怎么他不亲热我？"

十三

夕阳梭下北高峰，

满天满湖都红透了。

远近暗绿的山衬着杭州靠湖一带底④红粉墙。

---

①1924年修正三版及1929年四版重校此句及下句为"西湖公园里却静谈着几个人。"
②1924年修正三版及1929年四版重校"底"为"的"。
③1924年修正三版及1929年四版重校"底"为"的"。
④1924年修正三版及1929年四版重校"底"为"的"。

雷峰塔底 ^① 上半截最后还显他底 ^② 泥金色。

一些不可理解的东西却端在我底心里发酵。^③

十四

白薇花落了。

尽让他落去罢。

十五

东西要是可以有主的，

请问问法相寺底老樟树。

问他还认不认得俞家底少奶奶 ^④ ？

十六

石壁上那里也涂得有些人名字。

但我们总觉得没有一个我们知道的。

陟屺亭底 ^⑤ 石柱上，却题上好些个众人都知道的了。

①1924 年修正三版及 1929 年四版重校"底"为"的"。
②1924 年修正三版及 1929 年四版重校"底"为"的"。
③1924 年修正三版及 1929 年四版重删除此句。
④1924 年修正三版"少奶奶"为"毛妹妹"。
⑤1924 年修正三版及 1929 年四版重校"底"为"的"。

我才和舜生商量着：

"假使马克斯将怎么样解决这个问题呢？"

十七

从毛家铺跑到龙井，

跑到紫云洞，

跑到虎跑，

我们底[①] 脚都跑得很燥了，

才下一阵偏东雨来润润我们。

雨却不停了。

我们只得赤脚儿[②] 扎裤，

戴了衣服做底[③] 斗笠跑回来。

半路上雨又停了。

斜阳照出满天地的金光。

东边吐出两道七色的长虹。

我们在喜洋洋的绿芭茅里蹒跚着，

好像扮了脚色在演着色的影戏。

---

①1924 年修正三版及 1929 年四版重校"底"为"的"。

②1924 年修正三版及 1929 年四版重校删除"儿"。

③1924 年修正三版及 1929 年四版重校"底"为"的"。

十八

我总想问问西湖底 ① 神：

"假使电车路修到上天竺，

真就使这些山俗了么？

假使湖里行驶小汽船，

真就使这些水没有古铜色了么？"

十九

德熙去了，

少荆来了。

少荆去了，

舜生来了。

舜生去了，

葆青绛霄终归在这里。

谁配管领湖山呢，

我却暂时作他们底 ② 主人？

（七月至八月）

---

① 1924 年修正三版及 1929 年四版重校"底"为"的"。

② 1924 年修正三版及 1929 年四版重校"底"为"的"。

送翟蕴玉夫人和她底果得儿往北京 ①

一

当果得儿才生了不久，

妹子就给你写了几行信来，

仿佛记得说：

"恭喜你呵！蕴玉！

恭喜你做了老太太了！

只是，可惜了！

贤母良妻之中更可靠了一个了，

为了'人'去做'人的'事的却怕要少了一个了！"

不错，我想，

或许也不错！

但我总还想问她：

领了小孩子，真就不能做超于贤母良妻底事了么？

为了"人"去做"人的"事，不是所有的人底事么？

那么谁还去生小孩子呢？

---

① 1924 年修正三版及 1929 年四版重校删除此诗。

——我相信要做贤什么良什么是做"人的"事底起码的事。

如今，我却可以更相信你了——

你不是正还要往北京去求为了"人"去做"人的"事底工具呵？

哦，上帝怕你辛苦了，大约先安慰你一个小孩子！

愿你谢谢上帝！

但果得儿却稳稳地睡着，什么也不管他的。

二

这么一个庄严璀璨的世界呵！

但上帝自己知道他没有什么本事，

尽丢下些机会给了人们就不管了。

人们却不争气，

要打仗，

要争风，

要互相食。

翻开他们底簿子，那一篇不记着这些东西呢？

这么一个血腥的世界呵！

我相信只有美和爱洗得掉这些个血腥。

我相信只有妇人和小孩子充满了这些个美和爱。

我相信只有妇人和小孩子底世界到了，这庄严璀璨的世界就现出本色了。

哦，我们大家都拍起巴掌等着你们呢，

"走呵，朋友！"

但果得儿却稳稳地睡着，什么也不管他的。

（九月七日，上海）

答五妹玉璋①

春哥儿，我底②么妹儿！

好几年没挨你底③脸了，

你怕长得这么高了呢！

你底④信真写得好呵！

你还记得我带你去抓花生⑤跌倒到阶缘下么？

我一边读你底⑥信；

我底鼻尖上和眼角里一边止不住辣。⑦

我很恨我不能教你的书！

那几年⑧我爱抱着⑨你亲嘴。

六年后我回来⑩还要抱着⑪你亲嘴呢。

---

① 1924 年修正三版删除此诗。1929 年四版重校中重新收录此诗。
② 1929 年四版重校"底"为"的"。
③ 1929 年四版重校"底"为"的"。
④ 1929 年四版重校"底"为"的"。
⑤ 1929 年四版重校此处有"，"。
⑥ 1929 年四版重校删除"你底"。
⑦ 1929 年四版重校此句为"一边鼻尖上眼角里止不住辣。"。
⑧ 1929 年四版重校此处有"，"。
⑨ 1929 年四版重校删除"着"。
⑩ 1929 年四版重校此处有"，"。
⑪ 1929 年四版重校删除"着"。

六年后我回来 ① 或者你已经嫁了——②

你会不会害羞?

我说,这是没有什么 ③ 害羞的。

你好好地 ④ 读书,

好好地 ⑤ 带着晚晚读书,

这是……

春哥儿,我底 ⑥ 么妹儿!

六年后我回来 ⑦ 还要抱着 ⑧ 你亲嘴呢!

（九月十日,上海）⑨

①1929年四版重校此处有","。
②1929年四版重校句末标点为",——"。
③1929年四版重校"是没有什么"为"有什么可以"。
④1929年四版重校"地"为"儿"。
⑤1929年四版重校"地"为"儿"。
⑥1929年四版重校"底"为"的"。
⑦1929年四版重校此处有","。
⑧1929年四版重校删除"着"。
⑨1929年四版重校写作时间为"(一九二〇年九月十日,上海)"。

"还要加呢！" ①

"《不加了！》"底反应。诗是我底诗，这两句话却是舜生底话。孔丘说："诗三百，一言以蔽之。曰，'思无邪。'"

醉人醒了。

他还在爱底河上坐着。

他底瓢旧了。

河里充满了冷酷的沉默。

青草蒙眬着美睡。

水也太薄了；

河也太广了；

醉人也太不才了；

他都知道。

但他想——

还有一滴泪便是要加的；

还有一滴血便是要加的；

泪干了，

---

① 1924 年修正三版及 1929 年四版重校删除此诗。

血尽了，

用瓢加过底痕迹是不灭的；

波起么？

不起么？

不是他加水的所宜问的。

他说：

"还要加呢！"

（九月，上海）

一封没写完的信 ①

四五个月没有家里底 ② 信了，

忽然接着她一 ③ 封白纸的长信。

我便不忍读他，

便安顿了一 ④ 副热泪去读他。

字字的青椒，

字字的梅子，

——是一 ⑤ 封没写完的信。

她说：

"七月十三日从九江底 ⑥ 来信收到了。"

她说：

"你底 ⑦ 婆老了。

她又常常生病。

---

① 此诗发表于《时事新报（上海）》1920 年 9 月 28 日〔0014〕版。

② 初刊本"家里"为"他们"；1924 年修正三版及 1929 年四版重校"底"为"的"。

③ 1924 年修正三版及 1929 年四版重校删除"一"。

④ 1924 年修正三版及 1929 年四版重校删除"一"。

⑤ 1924 年修正三版及 1929 年四版重校删除"一"。

⑥ 1924 年修正三版及 1929 年四版重校"底"为"的"。

⑦ 1924 年修正三版及 1929 年四版重校"底"为"的"。

她成日家念着她底① 孙儿；

她成日家把脸洗着她底② 泪儿。

她好容易盼到你可以回来，

如今你却不回来了！

她说，她会看不到你了！"

她说：

"你底③ 妈颁白了。

她算着你今年要回来，

她天天总对我们说起你：

她说，你今天怕离了北京了；

她说，你今天怕到了汉口了；

她说，你今天怕到了重庆了；

她说，你今天怕要回家了。

她总把什么东西都给你留着！

如今却盼到你底④ 信回来了。"

她说：

"你底⑤ 大姐衰了；

①1924年修正三版及1929年四版重校"底"为"的"。
②1924年修正三版及1929年四版重校"底"为"的"。
③1924年修正三版及1929年四版重校"底"为"的"。
④1924年修正三版及1929年四版重校"底"为"的"。
⑤1924年修正三版及1929年四版重校"底"为"的"。

二姐还好；

弟弟^① 已带了小孩子了；

三妹底^② 小孩子坏了；

四妹也嫁了一年多了；

五妹和六妹都长得这么高了。

他们都眼巴巴地^③ 盼着你回来。

他们盼不到你回来，却倒来劝我不要忧气！"

她说：

"你不要问我！

你也不要念我！

我病了！

我底^④ 病重了！

你几年来问我，

我总不敢提起我底^⑤ 病；

我只怕你忧气。

如今——

谁能小别十年呢？^⑥

---

①1929 年四版重校"弟弟"为"二弟"。
②1924 年修正三版及 1929 年四版重校"底"为"的"。
③1924 年修正三版及 1929 年四版重校"地"为"的"。
④1924 年修正三版及 1929 年四版重校"底"为"的"。
⑤1924 年修正三版及 1929 年四版重校"底"为"的"。
⑥1924 年修正三版及 1929 年四校删除此句。

我往回念你，

只想接着你底①信，②

这回接着你的③信，

却又不像往回念你了。

我病了！

我底④病重了！

我就有些好歹⑤我也心甘。

你给我寄底⑥东西，

我也并不望你底⑦东西。

我也不要你给我买药。

我底⑧病也不爱给你写得。

…………"

（九月十七日）⑨

① 1924 年修正三版及 1929 年四版重校"底"为"的"。

② 初刊本此处标点为"；"。

③ 初刊本"的"为"底"。

④ 1924 年修正三版及 1929 年四版重校"底"为"的"。

⑤ 初刊本"好歹"为"好坏"。

⑥ 1924 年修正三版及 1929 年四版重校"底"为"的"。

⑦ 1924 年修正三版及 1929 年四版重校"底"为"的"。

⑧ 1924 年修正三版及 1929 年四版重校"底"为"的"。

⑨ 初刊本写作时间为"———一九二零年九月十七日———"。

答别王德熙

德熙！

我底^① 德熙！

送别我底^② 诗读过了。

我有什么呢，

我只有满腔热血。

你也知道我只有满腔热血。

你说，很着重地^③ 给我说，

"蓄住满腔热血；

走到哪里，

洒到哪里；

洒到哪里，

红到哪里！"

德熙！

我底^④ 德熙！

---

①1924 年修正三版及 1929 年四版重校 "底" 为 "的"。
②1924 年修正三版及 1929 年四版重校 "底" 为 "的"。
③1924 年修正三版及 1929 年四版重校 "地" 为 "的"。
④1924 年修正三版及 1929 年四版重校 "底" 为 "的"。

我底 ① 热血沸了！

我底 ② 热泪腾到眼里了，

人家说，

血是不可以许朋友的。

我底 ③ 血却全是要给朋友的。

我只有回答你说，互相勉励地 ④ 说 ⑤

"蓄住满腔热血；

走到哪里，

洒到哪里；

洒到哪里，

红到哪里！"

我更敢对世界上所有的好兄弟好姊妹说，

"蓄住满腔热血；

走到哪里，

洒到哪里；

洒到哪里，

红到哪里！"

德熙！

---

① 1924 年修正三版及 1929 年四版重校"底"为"的"。
② 1924 年修正三版及 1929 年四版重校"底"为"的"。
③ 1924 年修正三版及 1929 年四版重校"底"为"的"。
④ 1924 年修正三版及 1929 年四版重校"地"为"的"。
⑤ 1924 年修正三版及 1929 年四版重校句末有"，"。

我底① 德熙!

我底② 热血沸了!

我底③ 热泪腾到眼里了!

我先到阿④ 美利加去等你!

（九月二十二日，上海）

---

①1924 年修正三版及 1929 年四版重校"底"为"的"。
②1924 年修正三版及 1929 年四版重校"底"为"的"。
③1924 年修正三版及 1929 年四版重校"底"为"的"。
④1924 年修正三版及 1929 年四版重校"阿"为"亚"。

风色

旗呀^①！

旗呀！

红黄蓝白黑的旗呀！

（九月二十六日，上海）

---

①1924年修正三版及1929年四版重校此诗所有"呀"均为"呵"。

别少年中国 [①]

黄浦江呀！

你底水流得好急呵！

慢流一点儿不好么？

我要回看我底少年中国呵！

黄浦江呀！

你不还是六月八日底黄浦江么？

前一回我入口；

这一回我出口。

当我离开日本回来底时候，

从海上回望三岛，

我只看见黑的，青的，翠的，

我很舍不得她，

我连声背出几句

"山川相缪，

郁乎苍苍。"

[①]1924年修正三版及1929年四版重校删除此诗。

直等我西尽黄海，

平览到我底少年中国，

我才看见碧绿和软红相间的，

我底脉管里充满了狂跳，

我又不禁背出几句

"江南草长，

群莺乱飞。"

黄浦江呀！

你不还是六月八日底黄浦江么？

今天我回望我底少年中国，

她还是碧绿和软红相间的，

只眉宇间横满了一股秋气，

——"袅袅兮秋风，

洞庭波兮木叶下。"——

你黄浦江里含得有汨罗江底血滴么？

少年中国呀！

我要和你永别了。

我要和你短别五六年——

知道我们五六年后相见还相识么？

我更怎么能禁背出几句

"对此茫茫，

百感交集！"

我乐得登在甲板底尾上

酬我青春的泪

对你们辞行：

我底少年中国呀！

愿我五六年后回来

你更成我理想的少年中国！

我底兄弟姊妹们呀！

愿我五六年后回来

你们更成我理想的中国少年！

我底妈呀！

我底婆呀！

愿把我青春的泪

染你们底白发

愿我五六年后回来

摩挲你们青春的发呵！

（九月二十八日，支那船上）

草儿在前集（卷四）

天乐①

半夜里睡醒来，

听见船下送来一组悠扬的音乐：

钦钦控控；

叮叮铛铛；

唎唎拉拉；

伊伊邪邪；

伙嬴伙嬴伙嬴。

好庄严呵！

好悠远呵！

好宏大呵！

《咸池》么？《大韶》邪？

可惜我都不曾听过呵！

哦，不是。

是杯盘的相错声。

是牙尺剪刀声。

---

① 1929 年四版重校与 1924 年修正三版相同。

是风雨打窗竹叶零落声。

是一群小孩子踏着脚步的歌声，

"上学！上学！"

"马其！马其！马其！"

哦，不是。

"扑！扑！扑！

雁呵！雁呵！"

是《平沙落雁》的琵琶声。

哦，好急呵！

好沉雄呵！

好多的兵马喊杀呵！

是一阕《将军令》。

哦，不是。

是卢沟桥下的流水哽咽声。

是荆轲入秦的送别声。

听哟！

"风萧萧兮易水寒！"

好悲凉的筑呵！

哦，不是。

"缝衣！缝衣！缝衣！"

不是《缝衣曲》和琵安侬的相和声么？

"谷花儿开哟！

谷花儿开哟！

脱了绣花鞋儿下田来哟！"

不是清明时节的秧歌声么？

哦，不是。

好难沓的群泉呵！

他们从日比谷公园里按着《玉杯曲》唱起出来了。

"呀呀！革命到了！

革命到了！

起哟，白屋褴褛之子！

醒哟，市井的赤穷儿！"

哦，不是。

是许多男男女女敲着瓦片的歌声。

听哟！听哟！

"吃我手上的饭；

穿我手上的衣；

跟着上帝的脚后跟行动。"

哦；蠢蠢的上帝呵，

我不愿有聪明了！

浑沌的音乐呵，

请你领我到上帝身边去！

（九月三十日，中国船上）

太平洋上飓风 ①

黄云拥着太阳；

黑绿的水吹着白浪。

万顷，十万顷，百千万顷零零落落的波涛，② 都怒掀掀的③ 挤着，推着，嚷着，要争把太阳吞在肚里。

太阳却只高抽抽的④ 冷笑着，斜盼着他们吹气。

他们上上下下的⑤ 辉映出一道掠眼的银光。

哦！天垮下来了！⑥

海倒立起去了！⑦

人都腾在半空里了！

海鸟却一个两个，两个三个，起起落落的⑧ 挨着浪花飞漩。

但是，海鸟呵！海鸟呵！

---

① 此诗发表于《少年中国》1921年第2卷第8期，第61页。1929年四版重校与1924年修正三版相同。

② 初刊本此处无标点。

③ 初刊本"的"为"地"。

④ 初刊本"的"为"地"。

⑤ 初刊本"的"为"地"。

⑥ 初刊本"！"为"；"。

⑦ 初刊本"！"为"；"。

⑧ 初刊本"的"为"地"。

你今夜宿在那里？

（一九二○年十二月二日，乃路船上）①

旧金山上岸 ①

说道就上岸了，

大家都走上甲板来。

哦，好奇丽呵！

太阳抽出丝丝的金线，绣成一幅黄金的幔子。

旧金山背着太阳的面，涂成一团浓黛。

缘山边满衬着朱黄的朝霞。

越到西边的黛晕越淡了；

朱黄色也随着黛晕淡了。

淡到没有了。

由各色的街市渐浸入黄金世界里去了。

海却黄绿黄绿的披着金波。

仿佛他们都堆着笑脸欢迎我。

我说："不必——

不必铺设这么富丽的仪仗。

你们堆着副普鲁多克拉西的（一）笑脸来欢迎我，

只有博得我的心痛呵！"

---

① 1929 年四版重校与 1924 年修正三版相同。

（一九二〇年十二月十二日）

（一）plutoorutio

和平 ①

坐在金门公园里大树子边听音乐，

侧边一个三四岁的美国小孩子望着我笑。

他眼里饱蓄着慈祥的爱。

他只当我一个哥哥那么亲热我。

回头给他的娘看见了。

她也忍不住笑望着我。

她眼里饱蓄着慈祥的爱。

她只当我一个男子那么亲热我。

（一九二一年一月二十五日）

---

① 1929 年四版重校与 1924 年修正三版相同。

致悲哀的朋友 ①

弱者使人怜。
柔者使人爱。
健者使人敬。
强者使人忌且畏。

朋友俊公 ② 说：
"使人怜不如使人爱；
使人爱不如使人敬；
使人敬不如使人忌且畏。"

我们不必使人忌且畏；
却千万不要使人怜呵！

可怜的弱者呀，
悲哀的朋友呵！

（一九二二年七月十八日，美国卜技利）③

①此诗发表于《诗》1923年第2卷第1期，第63—64页。1929年四版重校与1924年修正三版相同。
②初刊本"朋友俊公"为"徐彦之"。
③初刊本写作时间为"一九二二，七，一八，美国卜技利"。

再致悲哀的朋友（有序）①

前诗《致悲哀的朋友》，才得覆信，颇自承为弱者；却自谓悲哀毫无所为，而以取怜为过于罗织。其实前诗不存褒贬，聊图淬厉罢了。特再草几行慰他。一九二二年九月十五日记。

人怎么样愚呵！

越愚野心越大；

野心越大失望的事越多；

失望的事越多越觉得世界不可救药；

越觉得世界不可救药便只有自娱于悲哀了。

悲哀的朋友呵，

试敛敛自己的野心罢。

---

① 1929 年四版重校与 1924 年修正三版相同。

附录一——味蔗草

离家之北京

强颜还为笑，长揖致远游。

雨肥慈笋坼；风扫白蘋秋。

声声珍重语，但听怕回头。

（一九一六年九月二十一日）

解嘲

男儿不怕羊裘薄；还典羊裘作酒钱。

数得贼头六十四，"功成当在破瓜年！"

（九月二十一日）

过黄河桥

万里阒无人，中夜过黄河。碧天秋月明，浊流激皎波。贯月架长虹；河水极东流。列车自南来，白练绾飞舟。车声自隆隆。河流自洋洋。上下相和鸣，天籁宏无双。天风割面寒。铁索凝青霜。铜甲耀金刀，悲凉古战场。汉子久沉沦；雄风何微茫！对此思古人，悠悠使我伤。我原如此河，来从西海西，万里五千年，长泻无穷时。我欲如此河，穷流东海东，黄波荡白流，大地浴薰风。举手属黄河："平流且莫哀！中国有少年，紫气函谷来。五洋为尾闾，门户为君开。少年气如虹，驭日摘天英；风马复云车，驰骋返昆仑。少年无东西。少年无古今。少年复少年，生子又生孙！"

（十月二十一日，京汉铁路车上）

吊黄兴蔡锷二将军

凭吊将军意，心伤敢自赊？

贰臣犹根蒂；四海未桑麻。

我亦楚人子；弹泪祝灵娲！

（十一月，北京）

寄全鉴修天津

嘉陵山水秀，间气苗奇英。

频年犹豹变；少小自龙文。

倾心君弟久，何时更晤君？

（十二月，北京）

遣怀三首

比来检点从戎业，拾笔还操未了工。

南郭滥竽惭画虎；东方善谑悔雕虫。

十年读付卵投石；六月息犹蛇羡风。

知是天公将钜任，故当着意老吾躬！

只今幸未中书毒！动里摩观悟本真。

但有围腰差强意；无端拊髀又怆神。

尝邀鲁客为知己；惯兴灵均作比邻。

学得愚公诀以后，不知津处已知津。

云山处处谁为主？敢恋烟霞守兔裘？

间亦为文偏爱马；疏于酬世但随鸠。

沉潜已作沾泥絮；得失浑如不系舟。

惟笑书生干底事？百年担负为民忧！

（十二月，北京）

题仕女画帧

髻惯盘攒鬓惯斜；莫愁湖上自由花。

停挥笑共檀郎语，学足蛮书泛远槎。

（十二月，北京）

东城根口号

骄风砭骨寒；雪泥扑肤紧。

重裘不禁风，犹有无衣者！

（一九一七年一月三日　北京）

梦得（有序）

昨夜梦一女郎以诗稿一帙见示，立能成诵者颇多。醒则仅忆其一首而忘其题。为录存之。

入帏警春风，窥帘意转慵。

白云还自媚，出岫作眉峰。

憔悴羞看镜；教妾若为容？

（一月三十一日，北京）

戏答周永祺（有序）

自四川寄诗云："荷花耐暑梅凌寒，各凛孤标适性天。莫道六郎无颜色，未甘襞玩斗春妍。"盖解嘲也。

何处适生卸暑寒？无何有地自由天。

剧怜盆供深闺里，不及山花随意妍！

（三月，北京）

天津桥忆家

春阳冶雪江潮浪；细雨湿花燕子衣。

凄绝天津桥上客，凭栏不听子规啼。^{（一）}

（四月四日，天津）

（一）昔人咏天津桥者，多指洛阳城西之天津桥，此特触机而借用之耳。

《暗香》寄鞋为文渊夫人寿戏作

　　玲珑轻巧；想湿红亲砌，碧烟笼道。谁向宓妃，尘里偷来一分缥？料说驿梅入手，试茸榻，松敲细踱；更暗里轻问六郎，（一）合式知多少？

　　年少；春光好。惜蠹样鲰生，煞难同调！绮思空缈：知梦罗浮余香袅！莫任百钱弃却，留待证，他年泥爪；话旧雨，泛莲舄，凫花倾倒。

　　　　　　　　　　　　　　　　　（四月，北京）

　　（一）文渊尝有句云，"六郎憔悴藕花风"，为时传诵。又尝寄我诗曰，"莫道六郎无颜色"。文渊固裙屐少年也。

踏莎行·自题小照

开遍荼䕷，香残豆蔻，壮腰笑看花枝瘦。忍心宁道不伤春？伤春能令春归否？

但种黄花；^{（一）}漫抛红豆。燕台何处寻屠狗？人间遍地尽荆榛，敢忘起舞鸡鸣候！

（五月，北京）

（一）萱草，吾乡谓之黄花。

三妹玉光于归寄怀四首

忽闻君嫁菖蒲节，再度红榴倍忆家。鸡爪山〔一〕前花事闹；
虎坊桥〔二〕上夕阳斜。岂无苏老破天石？可有张仙浮汉槎？
我欲御风风不顾，徒抛热泪向云花！

记得旧时休午课，红蕉深处话兰怀：三张卫草金针歇；
一曲《春花》〔三〕俗念揩。多谢编贻卍字络；最惭辜负合欢
鞋！〔四〕几年姊妹都归去，闲煞苔痕自掩阶。

芦蒿三五婆娑剧，浅草横塘弄碧荷。日丽赤杨筛倩影，
风摇翠管振鸣珂。迷离蝉子因声觉；浩汗花蛮〔五〕信手摸。
他日旧游重到处，不堪回首叫哥哥！

底事女儿须有嫁？非关惜别使人愁。多君相得乘龙婿；
愧我诗成嚼蜡妪！彩月催妆开宝镜；丁香送暖挂银钩。愿
君相敬还相爱，双宿双飞到白头！

（五月，北京）

（一）鸡爪山，吾家向山名。

（二）虎坊桥在北京，近予寓所。

（三）近日学校流行之歌曲有《春之花》。

（四）三妹有新鞋，予尝借着之；戏与之约曰，妹嫁，且买更好者相偿。而今未能也。

（五）稻田有小鱼着彩鳞者，吾乡谓之"花蛮"。

悼祢妹

忽传君物化，长笑有盈词。未觉生之乐；焉知死可悲？

个郎宁作妇！阿伯自无儿！转忆贻红橘，沾襟泪若丝。

（十二月，北京）

断句

溅我黄儿千斗血，染红世界自由花！

（一九一八年一月，北京）

自题小照　集《庄子》句

　　肌肤若冰雪；绰约若处子。韬乎，其事心之大也！沛乎，其为万物逝也！许由曰："殆哉，岌乎，天下！"庄子曰："圣人已死，则大盗不起！"其视下也，亦若是则已矣。

（二月，北京）

醉蓬莱　寿刘太师母八秩

有传家盛业，碧浪连阡，缥缃千卷。旧种龙材，几远孙孳衍。庭满护花，砌荣兰桂，想阳和何限！酒泛蔷薇；馔烹鹃笋；飨炊乌饭。

听道当时，北墙南亩。剪穗抽绦，种梅留荚。动履延年：甚海筹须算！珠履三千，金钗十二，惜路迥人远。满注红螺，遥觞金母，蜀天云畔！

（五月，北京）

题仕女绣帧　为刘天全世姊

蝶态翩跹草意荣，天然逸趣趁晴生。

端详小步临风立，一任杨花上下轻。

（八月，北京）

河上

慵慵春阳，泛泛河冰。

枯柳之稊；赤子之心。

（一九一九年一月十二日，北京）

除夕诗 戊午

　　我生二十二,二十三度度除夕:十七除夕我在家;六度除夕我在客。未觉客里除夕之可悲;焉知家里除夕之可乐!

　　人生几除夕?可让等闲过?醵饮博一欢,知君意如何?大碗酒;大块菜;烹鲤鱼;作牛脍;坐围席;梁山会!少年重意气,曲谨之文安足介?

　　座上有离明,离明出腊肉,腊肉美且旨,乡味自芬馥;我拈七八片,片片生枨触。枨触成何事?今夜岂宜论?今夜惟狂乐,岸然引一樽。莫谈诗!莫谈学!莫谈兵!岂有乡谭资下酒?各抒野语借开心。人生几除夕?除夕正如此:去来两不知;年光逐流矢。当前不自乐,我生为何事?

　　饭后还品茗;倚枕竞谈瀛。无端辩意志,引起秀才之酸味。我言意志不自由。离明言意志自由。自由不自由难言,且尽一瓯再一瓯。

　　去,去,出门去!围炉直干么?乘兴访朴园,踏雪沿北河。同行尽何人?旦初,一峰,我。谈笑不知寒,安步以当车。

　　朴园主人已早睡,忍拼除夕不守岁。为问何者尘俗何风流?愧我耽游忘实利!归来岁暗移,还草除夕诗。我诗无成心,挥毫信所之。我毫何易僵,一呵写一辞!

　　人生几除夕？几度除夕好？除夕复除夕，朱颜年年少。除夕何其拙；人事亦何巧！我有三除夕，作客在北京：前年除夕夜，不闻爆竹声；去年除夕夜，禁止庆新春；今夜又除夕，居然睹太平。彻宵鸣爆竹；丝管响入云。街童恶作剧，敲门送财神。谢谢谁所赐？五城颂一人！绕室起徘徊，开户见明星。

　　明星何皎洁！无语情脉脉。相看惟转眼，如笑复如泣。

　　"问君笑者谁？"

　　"我羡骄人泰，帐里醺羊羔，不知有帐外。"

　　"问君泣者谁？"

　　"我苦旁人寒：几个哭山隅；几家暗无欢；几处惊爆竹，假寐不成眠。"

　　我闻明星言，未知乐也苦；万念转辘轳，茕茕一无主。安得好快刀，斩我泯棼难理之心绪！

浪淘沙

　　花市静无哗；元夜空赊。愿随芳草梦云涯。卸罢晚妆还小立——谁院琵琶？

　　竹影半帘斜，摇上窗纱。尽将清泪洗年华。垂幛不关风意恶，怕看桃花。

（二月，北京）

祝川滇黔旅苏学生会周刊

乃兴南讹；遂化穷桑。

七日来复，而与世终！

（七月，上海）

杰士吟

　　哈佛三杰士，^(一)声名动瀛寰。日本有伊藤，赫然并朝鲜。美国罗斯福，政绩著两间。中国有严复，浩气假华年。归来清天下，挟策王公前。乃慊中学疏，下帷复改弦；几岁大业成，中西一贯参。无如举世醉，独醒良所难：虚心求容世，竟尔没深渊。晚年转无聊，学道求神仙。痛哉！谁之罪？未敢责名贤！中流有砥石；激流有长楫。海内多杰士，何以挽狂澜？

（七月，上海）

　　（一）闻严复先生与前朝鲜总监伊藤博文及前美国大总统罗斯福同学于美国哈佛大学，俱为著名之高材生，时人称之云云。

西湖

一叶扁舟风里过；半山晴画雨中收。

平生识得西湖面，鲈脍莼羹楼外楼。

（八月八日）

壑雷亭

壑雷亭上壑雷响，堤销碧潭一镜开。

百代冠裳人尽去；半天晴雨我初来。

山花带泣红于血；渟石能春老不摧。

悬瀑怒飞知有意，奔流山外洗尘埃。

（八月九日）

灵隐山游

翡翠竹千个；璁玲泉几湾。

峰迷云有脚，烟雨忆巴山。

（八月九日）

风雨亭怀秋瑾

十年浩气今犹在：剑草血花着意荣。

芳冢有情埋侠骨；暮蝉无那动秋声。

（八月十日）

苏小墓

踏遍西泠寻艳迹：长松何处？

柳条新。

荒凉莫道余抔土，万古湖山一美人。

（八月十日）

岳王坟

岳王坟后千年柏。劲与岳王坟土侔。

几度怀公还自奋，等闲怕白少年头！^(一)

（一）岳飞尝有词云："莫等闲白了少年头，空悲切！"

栖霞洞

逃暑栖霞洞，泠然欲化仙。才通三曲径，又是一重天。懒滴疑铜漏；妖苔着翠钿。缺岩斜照入，石口喷金烟。

（八月十二日）

玉泉鱼何幸二首

　　玉泉鱼何幸！乃游清水池。潜伏未假石；亦无蘋藻资；矜鳞不畏人，悠然弄美资。何如在江湖，惊游避钓丝？乃知鱼之乐，噞喁在不疑。相习无相害，物我自忘机。

　　玉泉鱼何幸！其长数盈尺。千百乱成群：有黑亦有白，有红亦有黄，异种自为色。生子逾亿万，存者百无一。存者宁非适？亡者亦安惜？生生不相食，五洋为之溢！

（八月十二日）

三竺晚归

山径迷来路，潺潺水激流。

蟾圆窥短树；蛩韵警新秋。

凉话僧初歇；悲歌客正愁。

纵谈天下事，野渡待归舟。

（八月十三日）

放桨歌（有序）

　　痛游西湖者六日。楚僧枚荪大鹏并先后返上海，惟剑修日葵祖烈与予尚作最后之流连。是夜返自三竺，放桨湖中，遂幽境而上焉。不禁乐极悲来，大呼"天地无情"也！为作此歌。

　　放桨西湖信舸行。路转凄迷，夜转清。四厢客桡响复停；水天如镜漾月明；"天地无情"狂啸声！忽见鸦绿似有村，柳枝低压石峥峥，云山相望水为邻。我为探奇此攀登。月满花枝花满庭；花影摇摇压人轻；恋人花月不忍行；不知花月恋谁人？垂藤满架对湖心。宿鸟无言总未惊；鸥犹贪游戏野滨；鱼控清波皱月痕。风送菱歌上水亭；花气荷香不可分。虫吟唧唧撩客魂。洞箫一曲写秋心。村犬惊客吠柳阴。槿篱茅舍紫薇门，隔院秋千笑语声。客尽凄然不肯听。缥缈遐思入浩冥：岂有凌波降湖神！

（八月十三日）

题仕女美术照片十首

一

年时折简苦相招：细柳刘园有竹桥；
若个平溪明似镜；春游宁忍负寒朝？

二

饧箫声里斗晴嬉。豆蔻薰香柳染衣。
四月陌头花正好，怪侬端只爱蔷薇！

三

晴新新制罗衣新。晚岁新妆尚领巾。
最是不梳头最好。樱花烂漫写天真。

四

盘松怪石衬相扶；野草迷原乱不梳。

耽读不知凉坐久，落花三点上蛮书。

五

白石磴边柳岸斜。红亭在望半松遮。
为怜池水清涟甚，故把縠巾洗浪花。

六

不知欢笑不知愁；闲钩碧云伴水鸥。
日倒潭光成二影，蘋花鱼子戏人头。

七

满径松凉绝可怜。采声飞度石阑干。
倩君长笑摄君影，留得他时愁里看。

八

绕过格栏又短桥；临流一憩闷都消。
非关秋至捐团扇；要惹双蛾上草梢。

九

幽篁个个草丝丝，正是新凉欲滴时。

独倚柏扉数叶落；问侬心事蓼风知。

十

漫坐垂杨听晚鸦；织娘飞跃点裙纱。

暗唤织娘休径去，侬将携汝醉流霞。

（一九一九年秋）

明陵感怀

已过百年毕帝业，犹夸抔土街皇居。

人间青史惟赋恨，令我欲烧故代书！

（九月二十三日，南京）

雨花石寄绛霄

最爱雨花台畔石，含葩姿态剥蕉心；
临池怕写六朝事，寄作云笺话古今。

（九月二十三日，南京）

山东图书馆

　　游罢大明湖，还访图书馆。中庭寂无人；园花红照眼。采橡衬丹楹；石崖对绿藓。隔墙啼笑声，娇叱闻女伴。暗惊此地殊，男女岂合览？山东产圣人，尊文垂古简；况与东邻接，欧风宜未晚。猗欤颂山东！何忧宗国殄？无何阍者出，相看目闪闪。乃言："有女宾，今日屈公返！"我谓："此地殊。谁能设私宴？"阍者重致辞："是则谁曾敢？此地重礼防，男女分日限。每周分七日，按周随流转；男五而女二，勿得相越犯！有馆二十年，此例由来远。"至哉叹圣丘！休风良可感！

（九月二十七日，济南）

扫叶楼雅集（有序）

一九一九年十二月十二日，茗谈于南京之扫叶楼，同游有德熙畹兰熙文启润伟娥□□，商工读也。

此地最宜扫叶读：胭脂井水，湖莲茶。躬耕本是书生事；他日归来种豆花。

寄家内

　　"五四运动"既起，予鞅掌国事，疏作家信者逾半年。家姐玉如，内子瑞仙，舍弟中量，并先后以书抵朴园，旁询予踪。实则予晨夕忆家，而每当智竭力穷，尤无不默祷吾母也。嘻！予过矣！

　　半年莫怪无消息；南北奔驰为国忙。爱得国来国亦弃，更从何处认他乡？啜羹惟觉莲心苦；涉世空夸鹤胫长。拍案几番歌杜宇，即今犹此女儿肠！

　　　　　　　　　　　（十二月二十九日，北京）

瑞仙问我归期，赋此报之

四年别离味，应有袖巾知，栀子初肥日，炉红欲烬时。相隔五千里，相思，信亦迟。相见惟此心，相见月明时。安得卢耽术？夜夜凌虚驰！昨夜梦见君，但有泣别离。今日得君信，问我几时归。一语还报君，记取晒衣时。君看檐角上，蟢子已结丝！贻我合欢被，孤眠几四时；贻我蓝丝袋，犹是新裁时；贻我夹缎袍，缝破犹在笥。旧物未忍弃，得勿为君嗤？倩君漱胆瓶。倩君熨轻衣。倩君早熟眠，存神须及时，——约君三夜话，和泪泻相思！

（二月二十二日，上海）

塔硐公园口号

此地去年闻独立；鸭江为暖，海为寒。只今犹见英雄血，半着樱花半杜鹃！

（五月二日，朝鲜）

登南山（有序）

　　南山，朝鲜畿内之高山也。登之，可以鸟瞰京城。怪石巉岩，松林蓊翳；狮子山诸峰峙其北，内苑之山拱其西，环以城郭田园之美；为京城绝胜处。白日衔山，士女之提壶挂杖于其上者绝伙；然什九为日本人，而朝鲜人则不多觏云。

　　俯仰南山上，巍然接帝衢。云来峰影削；春去鸟声孤。"花见"多妖女；[一]狂歌剩酒徒。天阍苍未破，毕竟有情无？

（五月二日，朝鲜）

（一）日本看花谓之"花见"。

小田道中

岛国秧雨后，烟笠遍亩中。

溪草含情碧；山花拼命红！

蛙声敲不断，还来庆吾农。

（五月四日）

三溪园

一九二零年五月十八日，一涵约游横滨，日葵寿椿彦之傚新俱焉。视察毕事，乃由中华学校校长李熙斌君大同学校教员关素人君之引导，往游三溪园。惜以中道遇雨，仓卒皮相而返。然而绝岩临海，则犹为此生第一奇遇也。

上山复上山；行游三溪园。山路何纡曲！急行汗霖霖。山径满长松。仰望见游虹。行行天欲雨；何处是极峰？何处是极峰？总在此山里。埋首但急行，不必东西指。高坎立前路，未敢一回视。过眼尽青葱，已去两三里；忽到天尽头，骇然临大海！碧天泛彩霞，波光尽红紫。左湾而右陆；零落有荒岛。街房小如豆，一带横滨市。往来船如织，但见飞烟起。俯瞰悬崖下，海菜漂红蕊；壁立三千丈，渊深不知底。美哉太平洋！苍茫其何止？

赠宫崎滔天丈人

谈兵说剑复论圃，指点兴亡酒正酣。

皓首风流久不作；又逢东海一虬髯。（一）

（五月，东京）

（一）丈人髯黑而长，愈增飒爽。尝约再至其家赏玫瑰花，未果去，有柬报之曰："玫瑰花之约，卒以百忙未赴；将教园林笑人矣。夫人手调之羹，得勿以待客而酸也？假我天缘，当为数落髯于白秋之后！"盖以美髯公拟之也。

赠宫崎龙介

人道君含革命血;[一]我今所见亦如之。五侯骄惯石崇洗，想煞当年江户儿。

（五月，东京）

（一）君为滔天丈人哲嗣，去年曾以主撰《解放》，见忌于日本政府，避地中国。君父少年任侠，浪迹江湖，为著名之革命奔走家。戴季陶君尝谓君含革命血者也。

琵琶湖（有序）

琵琶湖距京都不远。四围皆山，湖在山上，与日光中禅寺湖同。沿湖有"近江八景"。湖内行驶小汽船，以利游人。

绕湖乱山青；平湖绉水绿。

唐桥复唐松，^{（一）}尽日看不足。

（一）唐崎有大松，古干杈丫，周围翳蔽殆及百丈。

疏水（有序）

　　琵琶湖如水盛碗内。疏水者，凿其碗使穿一洞，而使其碗内之水自洞中源源溢出者也。穿隧道约经二十三分钟始见天日。洞外沿山腰筑运河，曲折达京都。其末流筑叠闸，利用水力发电；京都全市利赖之。

　　隧道三十里，低头忽见村。
　　曲流急于箭；船在半山行。

（五月二十八日）

大阪城（有序）

大阪城为日本战国时代丰公豪华之遗物，三百年前江户大阪讲和条约埋于是，大阪第一名迹也。明治初年失火，楼阁概归灰烬。今惟遗型尚存。叠巨石以为垒，湛深碧以为濠，想见古英雄陈利兵而谁何之概。城内日本第四师团司令部驻之。

回览大阪城，荒凉伤旷壤；
城外突飞烟，又见兵工厂！

（六月二日）

鸡鸣寺雅集（有序）

一九二零年六月十二日，便道过南京，德熙克仁禹九爽秋守一泽如云卿相约茗谈于鸡鸣寺。

玄武湖风，莲叶白；紫鞍山夕，晚霞红。座上少年皆意气，百年身世一谈中。

长相思

怕栖迟，想栖迟，露重月蒙人睡时，风沉蛛网垂。

有见期？无见期？独倚红栏理乱思。箫魂冷别词。

（六月十五日，北京）

碎碗辞（有序）

予约七月归家，十月即将去国。束装既竟，而川滇黔阋墙之斗适兴，扬子江上游水陆并阻。寿椿志希纪鸿均尼予行。徘徊中夜，计莫能决。遥思白发龙钟之祖母与衰病之母与忧思之少妇与吾兄弟姊妹围坐金银花架下纳凉，共数归期，不觉热情中烧，急走欲狂。乃力掷桌上之碗而碎之以为快。予志遂决。且至汉口而熟察其形势耳。

嗟尔碗兮！尔何不思尔有母兮？尔岂无兄弟姊妹偕尔伉俪兮？我则有之，而不能见之。吾碎汝！其奈我何？吾碎汝！其奈我何？

（六月二十六日，北京）

黄鹤楼上酒兴（有序）

　　七月四日，归至汉口。闻川路梗塞，西归之念全消。乃访恽代英于武昌，约其同登黄鹤楼；未果。遂独酌于其上。

　　　　高楼回望汉阳渡，扬子翻黄汉碧流。

　　　　战地枪声如过耳；客囊剑气欲惊秋！

　　　　西辞蜀北三千里；东极江南十二州。

　　　　啤酒盈尊还祭地，寿君，寿我，寿吾仇！

南浔即景四首

赤芋白莲傍碧茶。棕林密处有田家。
鲤鱼风起秧如织；忙煞沟中芦苇花。

匡庐昨夜雨花飞，湿透平冈浅树衣。
猪血泥边缘草色，绿茵褥压红蔷薇。

绿衣红褥不穿裙；彩色阑干缘下襟。
度得农忙辛苦过，且探娘去弄金针。

浔江赭绿长江红。云锁匡庐犹有峰。
一路田原三百里，山山水水尽青松。

（七月六日，南浔铁路车上）

八月二十五夜泛舟归俞庄，用原韵次绛霄后和润斯

　　为谢西湖柔事悠，水柔不管又山柔；

　　主人更是柔情甚，远逐菱香送晚舟。

与润斯泛舟秦淮河

商女曲中闻折柳；菜佣声里荡虹桡。
此游但好评烟水，莫听咽流话六朝。

（九月十五日，南京）

自南京返上海，行且去国，德熙□□送我于车站，不知涕泗之何从也

从来不解惜离别；此日无端泪染巾。

但记赠言握手处，平生受用有前津。

（九月十六日，沪宁铁路车上）

游虎丘登冷香阁（有序）

一九二零年九月十六日，与润斯由南京返上海，途中偶商及便道游虎丘。予乃中道下车。润斯则去上海中夜赶淑荃来苏州。而纪鸿少荆均仓卒未与也。绛霄蕴玉则既去北京。次日，相将冒雨往游；剑池之炉，姑苏台之妆镜，皆不可得而寻矣。既而登冷香阁而望阊门，江城如画，极目数十百里。然皆不免黯然遐思；非关风雨，枨触于旧游则然也。润斯至谓无绛霄在，山水且为之减色云。淑荃润斯并要予题壁，予亦还要之。且予又不敢以山川之啼笑为忧乐也。

治乱凭谁诉？句吴问故宫。
脂香泥雨湿；剑气野花红。
人远天还仄。林稠鸟可通。
六洲犹有事，未忍唱《秋风》。

附录二——新诗短论

新诗短论（有引）

这篇文章是从《少年中国》第一卷第九期里《新诗底我见》一篇改题目而成的。原来我当它仅以发表我对于新诗底直觉，其实差不多尽是科学的条件。不经科学的研究，绝不会有这么锻炼的直觉的。旧名对社会遗两个恶影响：一则令人疑它出于我独断的直觉，减少它底信用；再则令人误认直觉万能，将以一切判断诉诸直觉。所以改为今名。原文校勘疏漏，错讹很多。后来经几家丛钞底选载，以讹传讹，遗误读者不少，实在抱歉！现在除仔细校勘外，更有些须删改。这篇东西不详不尽，不过规模不差，苟以当新诗宣传底一种檄文罢了。

这篇于章尾总系几行新诗，半为暗示新诗底美，半为要作一种创格的文章——其实还脱胎于章回小说。但是诗这个东西，大抵触物比类，宣其性情，而不能尽究指归。古人附会由我，正好引用，可惜没有新诗。今人健在，不敢轻于借重他们。那么要没有危险，最好是引用自己的，并不是自傲。至于篇里引用古今书籍底地方很多，因为善忘而又图省事，所以一律不注出处，并不是掠美。深愿读者原谅。

当它初稿底时候，我正在繁忙的上海，实在不能作文；不过为了或种的需要，勉强草成这篇，恰好是一种短论。等到稍有余暇，才把它实验地，思辨地，批评地，修改地，细密地重著出来。这些或得于启发的直觉，或得于科学的根据，或得于朋友间相互质难底结果。去年我过南京底一夜，为了"新诗是贵族的"一个判断，我和六位朋友舌战了三点多钟。毕竟两不相亏，我在主义上承认了他们，他们在真理上承认了我。这种的辩论很有价值。我愿读者对于这篇有怀疑底地方严格地批评，庶几到底求得一个是处，更能发现许多的新义，使我能于重著底时候格外精详，或者尽改今日底论点，那更是真理之幸了！

一个科学家，他并不在以娴于科学史，科学通论，和科学方法论等等见称，而贵能具体地发见几个科学的事实或真理。文学家也是这样：不仅在能批评，而在能创造。有些鄙薄批评的说，做文学家不成功才去做批评家，甚至于说，批评底书是教书匠看的，虽属偏激之论，也足见空论不足尚了。即如这篇所要说的，都是些"什么是什么""为什么"，或"怎么样"，仅足以给我们些抽象的观念，而不能直接助我们产生真正的作品；能直接助我们的，还是要"什么"。所以与其研究关于作品底空论，宁肯观摩古今真正的作品，而与其观摩别人底作品，又宁肯自己去创造。新诗底精神端在创造。我愿世间文学的天才，努力探寻宇宙底奥蕴，创造成些新诗，努力修养，创造自己成一个新诗人！

要煮清茶，
须亲到山头找源泉去。

（一）

诗究竟是什么呢？

我说，我斟酌各家底说法而断以己见说：在文学上，把情绪的，想象的意境，音节地，戏剧地写出来，这种的作品就叫作诗。

那么都是诗了，怎么又有新诗呢？

新诗所以别于旧诗而言。旧诗大体遵格律，拘音韵，讲雕琢，尚典雅。新诗反之，自由成章而没有一定的格律，切自然的音节而不必拘音韵，贵质朴而不讲雕琢，以白话入行而不尚典雅。新诗破除一切桎梏人性底陈套，只求其无悖于诗底精神罢了。

那么诗和散文没有分别了？

不然，有诗的散文；也有散文的诗。诗和散文，本没有什么体裁的分别。不过主情为诗底特质，音节也是表现于诗里的较多。诗大概起原于游戏冲动；而散文却大概起原于实用冲动。两个底起原稍异，因而作品里所寓底感情不同，因而其所流露底节奏也有差别，因而人一见就可以辨其为散文为诗。若更要追寻为什么，便只好遍问诗人或自己诉诸直觉了。

宇宙间底事事物物，无一样不是我们底诗料。它们都活鲜鲜地等着，专备诗人底运用。巧匠把断瓦残砖盖成一所华屋，拙匠把彩椽丹楹弄来没有了颜色；其操持都在匠心和匠手。物如的世界原是蠢的；经过心底锻炼，才觉得有些美；更淘去较粗的美，而把更精的充量表出来，就是艺术。以热烈的感情浸润宇宙间底事事物物而令其理想化，再把这些心象具体化了而谱之于只有心能领受底音乐，正是新诗底本色呵。

> 我想世界上只有光，
>
> 只有花，
>
> 只有爱！

（二）

旧诗好的，或者音调铿锵，或者对仗工整，或者词华秾丽，或者字眼儿精巧，在全美底一面，也自有其不可否认的价值，为什么要有新诗呢？我想为了种种的逼迫，这实在是必然的倾势：

（一）社会上经济的组织不完善，人不聊生，于是对于旧的制度文物，一切怀疑，而各色新主义应运而生，就诗坛也不能不受其潮流底撼动：一面因惯过繁赜的生活，脑质疲劳，经营物质生活之余，更无暇用心于纤巧的事，自然见着繁琐的东西就觉得十分烦腻，想根本改造他；他一面却因思虑过多而致脑力衰弱，转成深思底病，又觉得肤浅的作品，不能满足我们享乐底欲望，谨严的格律，简单的形式，不能装入我们深远的思想，那么只好另辟境界了。我们看《变风变雅》作于周室之衰；辞赋作于战国乱离底时候；五言盛于汉底末世；七言成于五胡乱华之后；如词如曲，都正当宋元忧患底际会生成。这些都是因经济的关系而起内的反应，可以引证的。

（二）庚子拳变以后，从枪炮以至学术思想，逐渐输入中国。中国人逐渐有了科学的脑筋，于是在诗里也不免要想得些具体的观念；旧诗拘于形式，不能应我们底要求，只得革命。

（三）法兰西大革命后，自然主义的文学勃兴，而诗体也有一个大解放。明治维新后，日本底诗坛起了大扰动，直由新格律而进为"自由诗"，由华词而进为白话。近几年这种法兰西风和日本风传入英格兰和美利加，这两处又起了诗国底大革命。大抵麦饭遇着酒娘，少有个不发酵的。

辛亥革命后，中国人底思想上去了一层束缚，染了一点自由，觉得一时代底工具只敷一时代底应用，旧诗要破产了。同时日本英格兰美利加底"自由诗"输入中国，而中国底留学生也不免受他们底感化。看惯了满头珠翠，忽然遇着一身缟素衣裳，吃惯了浓甜肥腻，忽然得到几片清苦的菜根，这是怎么样地惊喜！由惊喜而模仿；由模仿而创造。去年有许多的新诗，又已回输过日本去了。

（四）物穷则变。诗由三百篇而辞赋，而乐府，而五言，而七言，而词，而曲，都是循着一定的程径，由体裁底束缚而变为自由的。到了曲，辞句已经用白话了；体裁已经很自由了；不作散文的诗，更可以怎么变去呢？

（五）从历史上看来，人群思想底进化，是从法古而至于法今，从师人至于师己，从地方的而至于世界的。新诗以当代人用当代语，以自然的音节废沿袭的格律，以质朴的文词写人性而不为地方底故实所拘，是在进化底轨道上走的——进化非人力所能挡得住的。

有了这些逼迫而知道新诗底成就是绝不可免的。为了文学底进化，我们不可不为新诗努力。新诗底美，深藏在官快的美底第二层。我们要舍得丢掉那些铿锵的音调，工整的对仗，浓丽的词华，精巧的字眼儿，庶几真正的新诗可得而创造了。

> 暴徒是破坏底娘；
>
> 进化是破坏底儿。
>
> 要得生儿，
>
> 除非自己做娘去！

（三）

但是，新诗底要素是些什么，也不可不再为商量。普通作诗，照前面说过的，是把情绪的，想象的意境，音节地，戏剧地写出来。所写的是内容；写的是形式。新诗既有别于旧诗，我们不可不具体地更给他们一个分别。

就形式说，有音节的和戏剧的两个作用。音节的是读法；戏剧的是写法。

（一）旧诗里音节底表现，专靠音韵平仄清浊等满足感官底东西。因为格律底束缚，心官于是无由发展；心官愈不发展，愈只在格律上用工夫；浸假而仅能满足感官，竟嗅不出诗底气味了。于是新诗排除格律，只要自然的音节。

情发于声。因情底作用起了感兴，而其声自成文采。又看感兴底深浅而定文采底丰歉。这种文采就是自然的音节。我们感兴到了极深底时候，所发自然的音节也极谐和，其轻重缓急抑扬顿挫无不中乎自然的律吕。不要说诗，我们但读大文学家底散文，其音节底和谐，不但可以悦耳，并足以悦心，使我们同他起同一的感兴。又不要说散文，我们但听大演说家底演说，其音节底和谐，也不但可以悦耳，并足以悦心，使我们同他起同一的感兴。这都是情动于中而形于言，莫知其然而然的。无韵的韵，比有韵的韵还要动人。若是必要借人为的格律来调节声音而后才成文采，就足见他底情没发，他底感兴没起，那么他底诗也就可以不必作了。感情底内动，必是曲折起伏，继续不断的。他有自然的法则，所以发而为声成自然的节奏；他底进行有自然的步骤，所以其声底经过也有自然的谐和。音呀，韵呀，平仄呀，清浊呀，有一端在里面，都可以使作品愈增其美；不过总须听其自然，让妙手偶得之罢了。

诗要写，不要作；因为作足以伤自然的美。不要打扮而要整理；因为整理足以助自然的美。做的失之太过，不整理的失之不及。新诗本不尚音，但整理一两个音就可以增自然的美，就不妨整理整理它。新诗本不尚韵，但整理一两个韵就可以增自然的美，又不妨整理整理它。新诗本不尚平仄清浊，但整理一两个平仄清浊就可以增自然的美，也不妨整理整理它。

罗衣何飘飘，轻裾随风旋！

没有平仄；但我们觉得它底调子十分高爽。因为它有清浊。

江南好采莲。莲叶何田田！鱼戏莲叶间。鱼戏莲叶东。鱼戏莲叶西。鱼戏莲叶南。鱼戏莲叶北。

没有格律；但我们觉得它底调子十分清俊。因为它不显韵而有韵，不显格而有格，随口呵出，得自然的谐和。

滴滴琴泉。
听听他滴的是什么调子？

既没有韵，也没有清浊；但我们觉得它底调子十分响亮，而且有些神奇。因为他有平仄而兼有音——就是双声和叠韵。总之，新诗里音节底整理，总以读来爽口，听来爽耳为标准；若到真妙处，更可以比官快更进一层。太戈儿底《园丁集》里说："你那样软笑低吟，不是我底耳，只有我底心能听。"要到只有心能听，那更不用说有了自然的音节，就四围都无处不是韵了。

（二）戏剧的作用，在把我底感兴，完全度给读者。我底感兴所以这样深，是由于对于对象得了一个具体的印象；读者是否能和我起同一的感兴，就看我是否能把我所得于对象底具体的印象具体地写出来。我们写声就要如听其声；写色就要如见其色；写香若味若触若温若冷就要如感受其香若味若触若温若冷。我们把心底花蕊开在一个具体的印象上，以这个印象去叩人家底心；他得到这个东西，便内动地自己构成一个，引起他自己底官快；跟着他再由官快进而为神怡，得到美底享乐，而他底感兴起了。这个似乎说，诗是为人而作的；其实不然。就结果说，这种的写法都是为了读者，而就动机说，只不过是迫于艺术冲动而为自己表现。我底诗一脱稿，我自己也就成了读者了。能引起我自己感兴底再生，就能引起别人感兴底共鸣。我们看：

> 小胡同口，
> 放着一副菜担。
> 满担是青的红的萝卜，
> 白的菜，紫的茄子；
> 卖菜的人立着慢慢地叫卖。

我们读了就如看见的一样。

> 忽地里扑喇喇一响，
> 一个野鸭飞去水塘。
> 仿佛像大车音波，
> 漫漫地工——东——当。

我们读了就如听见的一样。这就是具体的写法，就是戏剧的作用。原来宇宙在横的一面只是有，在纵的一面只是动。戏剧是最能美化宇宙动象底艺术，所以最好的文学必得借镜于戏剧。这本是文学里应具的通德。不过旧诗限于格律，不能写得到家；如今新诗和散文携手，自然更能写得到家了。

就内容说，有情绪的和想象的两种意境。

（一）诗是主情的文学。没有情绪不能作诗；有而不丰也不能作好。勿论紧张或弛缓，兴奋或沉抑，而我们底感情上只有快不快。由是勿论我们底情绪为欢乐为悲哀，都可以引起我们美底感兴，而催我们作诗——甚且愈悲哀，在诗人底味上觉得愈美。诗人不一定都是神经质的；但当其诗兴大发，不可不具神经质底作用。诗人看世界都是有生气的；因为要有生气才有死气，要有美和丑底对比才生快不快底感情。我们看一个砚池：看它和即墨黑公管城毛公会稽楮先生相与为友，镇日都过的很清洁的生活；它在案上静着，自然幽雅地和它们傍着；动的时候，便互助地成就许多有益的事。我们在这里，觉得十分羡慕它，不管它有不有诗意，但至少总起了一点游戏的感兴。又看它静便静着；动便动着；机械地忙着而不知道为什么；成就许多有益的事而于它自己无与；就和些朋友一块儿生活着，也只是不得不然，随便应酬罢了。我们在这里，又觉得十分可怜它，不管它有不有诗意，但至少又总起了一点无聊的感兴。原来宇宙只是一个真，不管人间底美不美。但我们要把它看作美或看作不美，它却没有法子拒绝的。情绪是主观的；而引起或寄托情绪的是客观的。我们要对于宇宙绝对地有同情，再让它绝对地同情于我，浓厚的情绪就不愁不有了。

（二）有浓厚的情绪而没有丰富的想象去安排它，毕竟也不中用。我们要让死气的世界都带了生气，都着了情底彩色，非想象不为功。要把所要的材料加以剪裁，使其适合尺度，也非想象不为功。要把所得的材料加以调整，构成所要的东西，更非想象不为功。想象抽这一个印象底这一节，又抽那一个印象底那一节，构成一个新意境，构成一个诗的世界。

还有几样东西，不是言语所能说得明白的，也提个影子。第一，新诗在诗里本是要图形式解放的，那么就什么体裁也不能拘，而尚自由的体裁。次则遣词要质朴而命意要含蓄。《红楼梦》所以令人百读不厌呢，因为它底命意都不是裸然显露的。含蓄并不是要隐晦；明了并不是不能含蓄。什么"温柔敦厚"哪，是属于作家个人的修养和社会底风教，和这个无关；不过使言有尽而意无穷，令读者一唱而三叹，却是艺术上可以做得到的。不然，一看就尽，味同嚼蜡，还有什么好处呢？再次则神秘固不是诗里必须的东西，但因其中乎人类底天性，也可以兴起一种美感，所以有时因想象而涉于神秘，也正不必排去的。最后就是风格要高雅。怎么样才是高雅？这是很难说的，而且也非纯靠艺术能达到的。我在这里，只好要求新诗人自己努力于人格底完成罢了。

四围底人籁都寂了。

只有她缠绵的孤月

尽照着那碧澄澄的风波

碰着船毗里绷垄地响。

我知道人底素心，

水底素心，

月底素心——一样。

我愿水送客行，

月伴我们归去！

（四）

　　新诗底大旨大概不错了。我对于它还有几条意见，也不妨拉杂写出来：

　　（一）新诗在诗里，既所以图形式底解放，那么旧诗里所有的陈腐规矩，都不妨一律打破。最戕贼人性的是格律，那么首先要打破的就是格律。新诗并不就是指白话诗：白居易底诗老妪可诵，宋儒好以白话入诗，宋元人底词曲也大体是白话，但我们不能承认他们是新诗。新诗也并不就是指散文的诗：《论语》纪子路遇荷蓧丈人底事，陶潜底《桃花源诗记》和屈原宋玉苏轼他们底几篇赋，都可以说是散文的诗，但我们也不能承认他们是新诗。对于文学，在"当代人用语"底原则里，我主张做诗的散文和散文的诗。就是说，作散文要讲音节，要用作诗底手段；作诗要用白话，又要用散文的语风。至于诗体列成行子不列成行子，是没有什么关系的。

每每诗里必要用韵，就好用韵来敷衍，以致诗味淡泊，不堪咀嚼。新诗重在精神，不必拘韵；就偶然用韵以增美底价值，也要不失自然。

修辞的工夫虽不可少，但绝不可流于过饰；葩藻之词盛，自然言志之功隐了。所以我们底诗，要在质朴，真挚，清洁里讨生活，不要在典丽，矫饰，秾艳里讨生活。但不过饰呀，并不是说可以蓬头跣足。西子花钿宫装，固有损她自然的美；要使她蒙一块下灶布见客，人又不能不掩鼻而过之了。

还有，文法也是一个偶像。本来中国文里，没有成文的文法；就使有文法，只要在词能达意底范围里，也不宜过拘。在散文里要顾忌文法，我已觉得怪腻烦的；作诗又要奉戴一个偶像，更嫌没有自由了。而且零乱也是一个美底元素。我们只求其美，何必从律？杜甫底"红稻啄余鹦鹉粒，碧梧栖老凤凰枝。"这种的倒装句法，本为修辞家所许可的，不能以通不通去责他。所以我在诗坛，要高唱"打破文法底偶像！"

（二）新诗和旧诗，是从形式上分别的。一种形式可以装勿论什么种精神。所以新诗不必要装一种新主义，以至勿论一种什么主义。即如白话文端端是一个形式的东西：可以拿来作鼓吹无政府主义底传单，也就可以拿去作黄袍加身的劝进表。新诗也是一样：可以嘲咏风月，也就可以宣扬风教；可以夸耀烟云，也就可以讽切政体；也可以写"男的女的都在水田里"，也就可以写"鸳鸯瓦冷，翡翠衾寒"。就说平民的文学罢，一种是实写平民的生活，一种是使平民都能了解。

> 腰镰刈葵藿，倚杖牧鸡豚。

可算是实写平民的生活了；而我们不能当它作新诗。

> 不采湖中红藕；不识风前鸟白。留取一丝情，系在白门疏柳。回首，回首！看是谁将心负！

可算使平平都能了解了；而我们也不能当它作新诗。反之，把东西洋旧时讴歌君主，夸耀武士底篇章，用新诗底形式译出来，我们却不能承认他是新诗。可见诗了诗，主义了主义，新诗固不必和什么新主义一致了。

进一步说，就是在文学上底什么主义，新诗也不必有的。和古典的不相容，不用说了；就是什么浪漫的哪，自然的哪，象征的哪，也不是一个新诗人自己该管底事。我们作诗，尽管照我们自己最好的做去，不必拘于一格。至于我们底作品究竟该属于那一格，留给后来文学史家作分类底材料好了！

这些，勿论怎么样，总是真理上底事；主义上我却怎么样呢？我认识"我"就是宇宙底真宰。我想完成"小我"以完成"大我"。我认识做人是我们底事业，发挥人性是做人所必具底条件。我想从兽性和神性中间找出人性来。我认识劳动是我们底天职，田野是我们底花园，劳动者是我们底好朋友。我想和些好朋友，走到花园里，去找诗的生活去。

（三）新诗的精神端在创造。因袭的，模仿的，便失掉他底本色了。做一首诗，就要让这一首诗有独具的人格。如果以前有了这么一种诗情，以后的就不必再作了；因为两美并立，便两败俱伤，何必多此一举呢？而况事实上并不能两美并立么。

（四）诗和词底分别，也只在乎形式而不在乎精神。所谓"词士轻偷，诗人忠厚，"只关一时代底风化，不能推以为诗和词底分别的。词和曲底分别也是这样。新诗既可以创造，"新词""新曲"又有什么不可以创造呢？所以有不讲格律，而其体裁风格和词曲太相近的，我便想要强分他为"新词"或"新曲"。

我所以要分出"新词"和"新曲"，是怕把新诗底体裁风格混卑了——其实不必。

我以为就是一种形式的东西，也各有其独具的精神。如诗如词如曲，以至新诗"新词""新曲"，都该各有领域，不容相混。要作旧诗，就要严守格律。填词就要倚声；作曲就要按谱。我们依格律作一首白话诗，只能叫它作非古典主义的古诗或格律，不能叫它作新诗。一样，我们用白话作的词或曲，也只能叫它作非古典主义的词或曲，不能叫它作"新词"或"新曲"。其且就勿论用文言或白话作一种讲格律底东西，如果错了些须规矩，就不能还说它是那样东西。例如填一阕《烛影摇红》，我们改了几个平仄节奏，就不能还说它是《烛影摇红》，最好给它另起一个名字。因为我们自己底东西要保有个性，就不能不尊重别人的个性呵。

（五）新诗也可以唱的。因为只要有一串声音就可以唱的。这个话不用我注释。朱熹答陈体仁底信里说："来教谓：'诗本为乐而作，故今学者必以声求之，则知其不苟作矣。'此论善矣。然愚意有不能无疑者。盖以《虞书》考之，则诗之作，本为言志而已：方其诗也，未有歌也；及其歌也，未有乐也；以声依永，以律和声。则乐乃为诗而作，非诗为乐而作也。"那么新诗可以唱就勿庸疑了。

我很愿能为新诗制成些乐谱。但一种乐谱只许套一首新诗；而一首新诗却可以有几个乐谱。——

（六）诗是主情的文学；诗人就是宇宙底情人。那么要作诗，就不可不善养情。

但是，感情和知识是每每不能并容的。我们底知识够了，我们底感情就薄了；又怎么样呢？我想只好让感情和知识各向偏方面发展，而不必取其调和。就是说：在科学上要痛用知识，而不掺入感情；在诗上要痛抒感情，而不必顾忌知识。（我还说，在事业上要痛持意志，而不可为感情知识所动摇呢。）

科学给我们说：花是生殖植物底器官；恋爱是兽欲的冲动；就人间种种精神上底动作，也不过是物质的要求罢了。这么说来，诗人就根本破产了！我们在这里，只好放下知识，任我们底冲动去作；冲动到了哪里，我们就作到哪里。就使知识明明给我们说，世界底前途没有希望，我们至少也还要存个悲观；因为就是悲观，也还有些悲哀的情绪，也就还可以有为。要是因为知识到家之故而生超苦乐观，那就不免要丧失人性了！正要知其不可而为之，才是人生底趣味呵！

（七）诗起原于自己表现底艺术冲动。当其自己表现底时候，有实用底意义和价值；及其既成，便觉得有精神的美，而生一种神秘的快乐，又有快乐底意义和价值。所以诗是"为人生底艺术"，和"为艺术底艺术"调和而成的。但有偏主前一说的说，诗不问工拙,唯其志。又有偏主后一说的说,诗不问善恶,唯其美。实际，没有志不能作诗，既成诗就终归是言中有物的；而没有美便不成其为诗了。不过诗底风格，系乎作家底人格。即如朱熹说："齐梁间人诗，读之使人四肢皆懒慢不收拾。"人间固有以四肢皆懒慢不收拾为美的，能使人这样，就是他们底艺术；只是风格太卑了。我们说诗,处处都要他于世道有补,固未免"头巾气"太重，然而在自己表见之内而不能以最高尚的人格表见于最高雅的风格里，也是诗人底羞了。

唉！不谙《高山流水》之韵的呢，《打骨牌》就工了。不乐缟衣綦衿之雅的呢，绿衣黄裳就美了。为了人生，我们怎么可以不唱诗底高调呢？

（八）"平民的诗"，是理想，是主义；而"诗是贵族的"，却是事实，是真理。怎么说呢？艺术冲动底起，必得当人生静观底时候。我们正役心于人生底奋斗，必不能作诗。即如说伏羲以佃以渔，作《网罟之歌》，恐怕也是要晒网底时候才能作的。大多数,大多数的人是终日奋斗的。我们不能使大多数的人作诗，足证诗底起原是贵族的了。又，审美观念底起，也必得当人生静观底时候。我们正役心于人生底奋斗，必不能作艺术底鉴赏。即如西湖底"船家"，我们要同他谈湖光怎么样潋滟，山色怎么样空蒙，他一定是含糊答应的。大多数，大多数的人是终日奋斗的。我们不能使大多数的人都得诗底享乐，足证诗底效用又是贵族的了。而从历史上观察，社会是进化的；但诗也是进化的。大多数的人文化程度增高，少数人底文化程度更增高了。我们没有法子齐自然底不平等，那么据过去而算将来，诗又有十之八九是贵族的了。

惟其诗是贵族的，所以从历史上看，它有种种形式的变迁，而究其质一面是解放，一面却是束缚，一面是容易作，一面却是不容易作好。我们看从三百篇以至词曲，作品底数量叠有增加，而其重量和数量底比例率恐怕只有减少，就可以知道了。

惟其诗是贵族的，所以诗尽可以偏重主观，触物比类，宜其性情，言词上务求明了，只尽力之所能及而不必强求人解——见仁见智，不是作者所宜问的。

勿论怎么样，感情终归是不可以理解的。真理虽是这样，我们却仍旧不能不于诗上实写大多数人底生活，仍旧不能不要使大多数的人都能了解，以慰藉我们底感情。所以诗尽管是贵族的，我们还是尽管要作平民的诗。夜深了！夜深了！我们总渴盼明天快天亮哟！

    我们叫了出来，
    我们就要做去。

（五）

好，要说到新诗底创造了。不过这是没有挨方子的，只好略述我自己底经验。

新诗底创造，第一步就是要选意。在诗人底眼里，宇宙就是一首大诗，所以诗意是随时有的，只等我们选其味儿浓厚的写出来罢了。我们说选意，却不是有意去选，而是无意去选。就是说，有了深刻的感兴，又迫于艺术冲动，不得已而后作；如果有几分得已，觉得也可以不作，那便是这个诗意不好，竟可以爽性割爱；或者觉得弃之可惜，而笔又不愿意写，那便是我们底诗兴不浓，也可以爽性割爱。

意选好了，觉得非作不可了，就要布局。要把所有这首诗里底意境搜出来；要把所有搜出来底东西剪裁过来；要把所有剪裁过底东西排列起来。布局就是诗意底整理；体裁就是布局底形式的表现。

布局好了，就要环境化。就是说，要把自己化入这个诗意底环境，或者让这个诗意底环境化入自己底想象。这就是要使我底感兴更深，要使我底印象更觉得鲜明浓丽。

环境化了，就要写。要随口写；要随心写；要一气呵成地写。

写好了，最后还要读。读就是批评。要当作别人底诗读，不要当作自己底诗读。读着有不顺口底地方，就是音节不好，可以把它改了。读着有不称心底地方，就是体裁或其他的东西不好，也可以把它改了。读过后觉得兴味萧然，不能引起我感兴底再生，就是这首诗根本不好，根本没有存在底价值，那么简直可以把它烧了。

一读，二读，三读，通过了——这首诗做好了。

> 斑烂的石色，
>
> 赭绿的草色，
>
> 和这红的，黄的，紫的，蓝的，白的，松铺在一地底山花相衬。——人压在半天里。
>
> 这么一块扎细花的破袖！
>
> 花草都含愁，
>
> 为着落日，也为着秋。
>
> 我说，"不用愁呵！
>
> 天地不老，我们都正在着花呵"！

（六）

勿论一件什么事，都不是偶然可以做到的，其间必有许多的关系。我们要明白这许多的关系而——有一种预备底工夫，这件事就可以迎刃而解了。"割鸡焉用牛刀？"固然不错；却总不能不用"鸡刀"。就是"鸡刀"，就要有十分的预备。先要把铁匠找好，把钢炼好，把刀打好，把锋口磨好，把割鸡底手段练习好，然后才不至于临时无措。其实这是很经济的；因为可以供很久的应用。作诗譬如割鸡，也要从根本上预备工具起。新诗是新诗人创造的；那么要预备新诗底工具，根本上就要创造新诗人，——就是要作新诗人底修养。

一个新诗人要怎么样修养呢？

（一）"问渠哪得清如许？为有源头活水来。"不是说要清源才有清流么？我常说："苏轼底文章以理胜，韩愈底文章以气胜；而他们俩的都能出奇制胜，奔放自如。但初读苏轼的，觉得他底文笔很好；而继读韩愈的之后，才觉得他的一落千丈了。这就是他人格底高尚不及韩愈。"推到诗坛，要得高雅的作品，先要诗人有高尚的理想，优美的情绪；要得他有高尚的理想，优美的情绪，先要他有高尚的人格；要得他有高尚的人格，先就不可不让他作人格底修养。

人格是个性的。我们完成我们底个性，使它尽量从偏方面发展，就是完成我们底人格。如李白底飘逸，杜甫底沉郁，高适岑参底悲壮，孟郊贾岛底刻苦，都各有所偏；偏到尽头，就是他们人格底真价。如有主张中和的，就要极端偏于中和；中和到尽头，也就是他人格底真价。人格底修养没有什么，只是要发展一个绝对的个性罢了。

（二）作诗本来靠天才，但知识不充，就天才也有时而尽。所以又要有知识底修养。杜甫说："读书破万卷，下笔如有神！"这就是他亲笔的供状，就是知识修养底第一个条件。但读书并不是说止于诗学一类底书，更须及于美学，修辞学，社会学种种，而自然科学也须加以涉猎。他底第二个条件就是观察。观察有两种作用：一种是证明书本的知识；一种是撷取经验的知识。观察有两个对象：一个是自然，要穷究宇宙底奥蕴；一个是社会，要透见人性底真相。

（三）学问叫我们能知；艺术叫我们能作。所以又要有艺术底修养。这个可以得两种方法。直接的方法，在乎实习；只须我们常做，自然我们底艺术日比一日的好起来了。间接的方法，在乎从旁面取观摩之资。美在诗里形式的表见，属于空间的是词句，是体裁；属于时间的是音节，是风格。而可资以为观摩的，又可以得两件事。第一是多读有价值的作品：不但中国的要读，就外国的也要读；不但要读诗，并且要读美的散文；并且读底时候，要看上眼，听上耳，读上口。第二是多习几种美术：图画可以使我们底诗里有色；音节可以使我们底诗里音节谐和，雕刻造型种种美术可以使我们作诗曲尽戏剧的作用之妙；只是习底时候，也要看上眼，听上耳，做上手。

（四）诗是主情的文学，已经再三说到了。没有浓厚的情绪，什么诗也作不好的。所以，最后，还要有感情底修养。关于这个，有三件事可以做的。第一是在自然中活动。作诗要靠感兴；而感兴就是诗人底心灵和自然底神秘互相接触时候感应而成的。所以要令他常常生感兴，就不能不常常接触自然。朋友宗白华君说："直接观察自然现象底过程，感觉自然底呼吸，窥测自然底神秘，听自然底音调，观自然底图画。风声，水声，松声，涛声，都是诗声底乐谱。花草底精神，水月底颜色，都是诗意诗境底范本。"他底话要是不错，那么自然又不仅是催诗的妙药，并且是诗料底制造厂了！第二是在社会中活动。感情里最重要的元素是同情；而其最，最重要的，更是对于人间底同情。同情是物理上底共鸣作用，是要互相接触才能生的。而同情底深浅又和互相接触底次数成正比例。秀才对于八股文有浓厚的同情；因为他底比邻只是八股文。遁世家对于人生没有同情；因为他见着人生就跑，所以愈跑就愈远了。我们要对于人间有同情，除非在社会中活动。我们要和社会相感应而生浓厚的感兴，因以描写人生底断片，阐明人生底意义，指导人生底行为，庶几可以使诗无愧为为人生底艺术。第三是常作艺术底鉴赏。因为不过美底生活，不能免掉人生底干燥。如音乐，如图画，如文学，种种艺术，非常事鉴赏，不足以高尚我们底思想，优美我们底感情。

总之，勿论一件什么事，都不是偶然可以做到的。惟愿我们以最经济的方法，努力做去罢了。

多挖几锄，
多收成几颗。

一九二〇年三月二十五日，初稿于上海，
一九二一年四月五日订正于美国。